BIOGRAFIAS — MEMÓRIAS — DIÁRIOS — CONFISSÕES
ROMANCE — CONTO — NOVELA — FOLCLORE
POESIA — HISTÓRIA

1. MINHA FORMAÇÃO — Joaquim Nabuco
2. WERTHER (Romance) — Goethe
3. O INGÊNUO — Voltaire
4. A PRINCESA DE BABILÔNIA — Voltaire
5. PAIS E FILHOS — Ivan Turgueniev
6. A VOZ DOS SINOS — Charles Dickens
7. ZADIG OU O DESTINO (História Oriental) — Voltaire
8. CÂNDIDO OU O OTIMISMO — Voltaire
9. OS FRUTOS DA TERRA — Knut Hamsun
10. FOME — Knut Hamsun
11. PAN — Knut Hamsun
12. UM VAGABUNDO TOCA EM SURDINA — Knut Hamsun
13. VITÓRIA — Knut Hamsun
14. A RAINHA DE SABÁ — Knut Hamsun
15. O BANQUETE — Mário de Andrade
16. CONTOS E NOVELAS — Voltaire
17. A MARAVILHOSA VIAGEM DE NILS HOLGERSSON — Selma Lagerlöf
18. SALAMBÔ — Gustave Flaubert
19. TAÍS — Anatole France
20. JUDAS, O OBSCURO — Thomas Hardy
21. POESIAS — Fernando Pessoa
22. POESIAS — Álvaro de Campos
23. POESIAS COMPLETAS — Mário de Andrade
24. ODES — Ricardo Reis
25. MENSAGEM — Fernando Pessoa
26. POEMAS DRAMÁTICOS — Fernando Pessoa
27. POEMAS — Alberto Caeiro
28. NOVAS POESIAS INÉDITAS & QUADRAS AO GOSTO POPULAR
    Fernando Pessoa
29. ANTROPOLOGIA — Um Espelho para o Homem — Clyde Kluckhohn
30. A BEM-AMADA — Thomas Hardy
31. A MINA MISTERIOSA — Bernardo Guimarães
32. A INSURREIÇÃO — Bernardo Guimarães
33. O BANDIDO DO RIO DAS MORTES — Bernardo Guimarães
34. POESIA COMPLETA — Cesar Vallejo
35. SÔNGORO COSONGO E OUTROS POEMAS — Nicolás Guillén
36. A MORTE DO CAIXEIRO VIAJANTE EM PEQUIM — Arthur Miller
37. CONTOS — Máximo Górki
38. NA PIOR, EM PARIS E EM LONDRES — George Orwell
39. POESIAS INÉDITAS (1919-1935) — Fernando Pessoa
40. O BAILE DAS QUATRO ARTES — Mário de Andrade
41. TÁXI E CRÔNICAS NO DIÁRIO NACIONAL — Mário de Andrade

A BEM-AMADA

Vol. 30

Capa
Cláudio Martins

Tradução de
Xavier Placer

EDITORA ITATIAIA
BELO HORIZONTE
Rua São Geraldo, 53 — Floresta — Cep. 30150-070
Tel.: 3212-4600 — Fax: 3224-5151
e-mail: vilaricaeditora@uol.com.br
Home page: www.villarica.com.br

Thomas Hardy

A BEM-AMADA

ESBOÇO DE UM TEMPERAMENTO

EDITORA ITATIAIA
Belo Horizonte

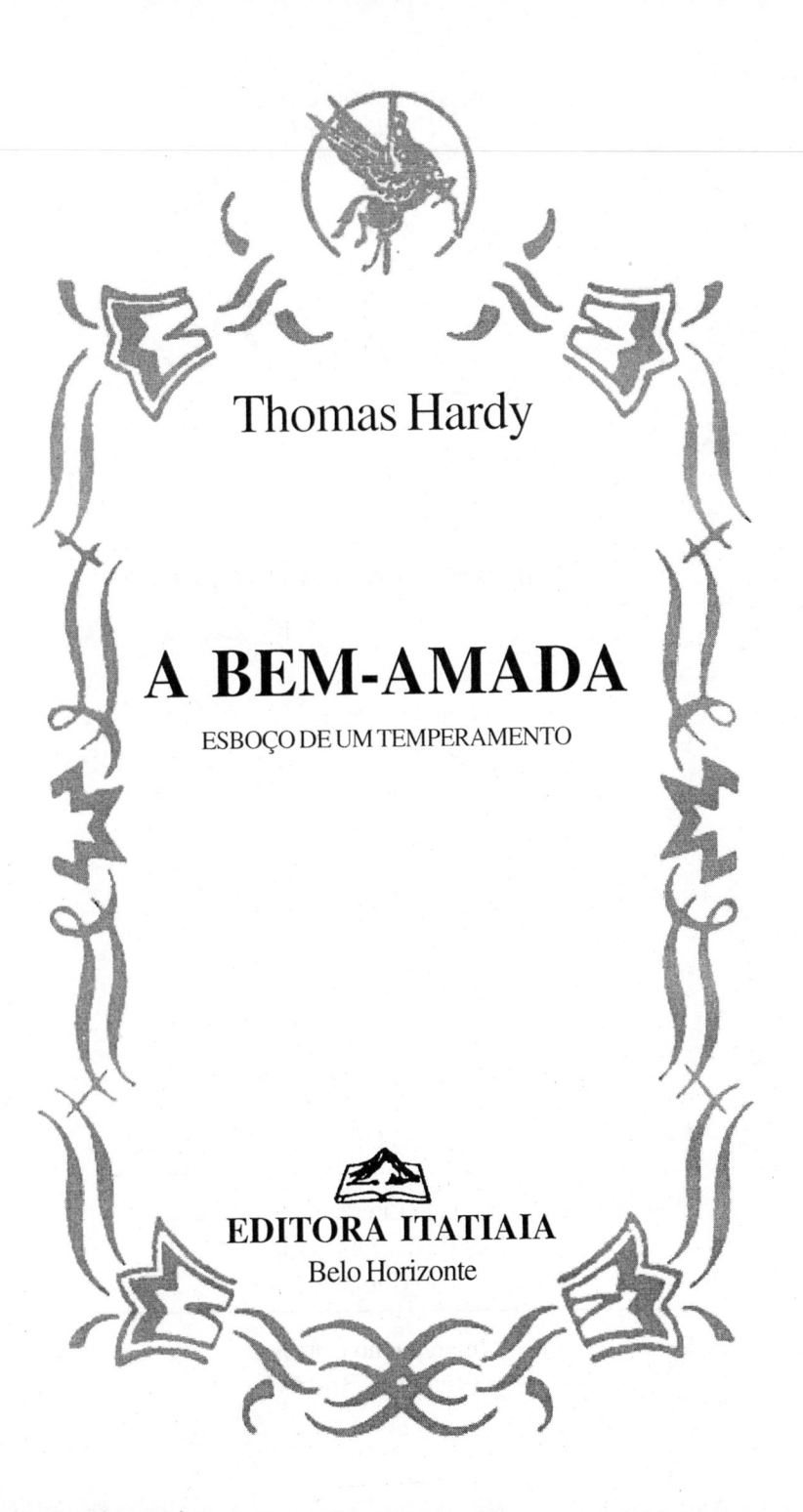

Título Original desta obra:
The Well-Beloved
A Sketch of a Temperament

"UMA FORMA COM MUITOS NOMES"

P.B. SHELLEY.

2006

Direitos de Propriedade Literária adquiridos pela
EDITORA ITATIAIA
Belo Horizonte

Impresso no Brasil
Printed in Brazil

ÍNDICE

Nota do tradutor 9
Prefácio 15

Primeira Parte - Um Jovem de Vinte Anos

Capítulo I - Uma apresentação imaginária da Bem-Amada 17
Capítulo II - Desconfia-se de que a encarnação é verdadeira 21
Capítulo III - O encontro 26
Capítulo IV - Um passeante solitário 28
Capítulo V - Um dever 31
Capítulo VI - À beira do abismo 37
Capítulo VII - Suas primeiras encarnações 40
Capítulo VIII - "Demasiado parecido ao relâmpago" 45
Capítulo IX - Fenômenos familiares à distância 51

Segunda Parte - Um Jovem de Quarenta Anos

Capítulo I - O velho fantasma revela-se nitidamente 55
Capítulo II - Ela se aproxima um pouco e satisfaz 63
Capítulo III - Transforma-se em inacessível espectro 68
Capítulo IV - Ameaça de tomar forma material 75
Capítulo V - Reassunção efetiva 78
Capítulo VI - O passado revive no presente 81
Capítulo VII - Estabelece-se a nova 87
Capítulo VIII - Diante da própria alma 92
Capítulo IX - Justaposições 96
Capítulo X - Contudo não se desvanece 102
Capítulo XI - A imagem persiste 107
Capítulo XII - Uma barreira se levanta entre ambos 112
Capítulo XIII - Ela não se deixa ver 119

Terceira Parte - Um Jovem que anda pelos sessenta
Capítulo I - Volta por algum tempo 123
Capítulo II - Pressentimentos de outra reencarnação 131
Capítulo III - A renovada imagem deixa vestígios de si 136
Capítulo IV - Um desesperado esforço pela última reencarnação 141
Capítulo V - Às vésperas da posse 148
Capítulo VI - Onde está a Bem-Amada? 155
Capítulo VII - O velho tabernáculo muda de aspecto 164
Capítulo VIII - "Ai desta sombra cinza que outrora foi um homem! 169

NOTA DO TRADUTOR

Ninguém ignora o que seja a tarefa de traduzir. Passar cinco, seis meses ou às vezes mais, num esforço de várias horas por dia, ligado material e psicologicamente ao espírito de um escritor e à sua obra, é trabalho de grilheta. E chegar à última página do último capítulo do livro quantas vezes não significa uma verdadeira libertação. Quase sempre libertação material, de início; pois durante muito tempo ainda se vai ficar até a medula fatalmente impregnado do livro traduzido. Não raro para aborrecê-lo, às vezes mesmo para detestá-lo. Já mais de uma vez aconteceu ver meu elogio entusiástico a certos autores estrangeiros esbarrar na indiferença de um sorriso de amigo. E ao meu espanto:— "Você sabe, eu traduzi a obra". Exatamente como uma pessoa em cuja intimidade se penetrasse profundamente, não nos reservando mais segredos, reduzindo-se para nós a um simples esquema.

Tudo isso fica aí dito para confessar, agora, que nada disto se passou comigo na tradução do presente romance. Ao contrário. É que "A Bem-Amada, esboço de um temperamento", de Thomas Hardy, não é apenas um dos grandes romances do criador admirável de Jude the Obscure, Tess of the D'Urbervilles e The Mayor of Casterbridge, para citar somente seus maiores romances, mas uma das obras-primas da ficção universal. Com efeito, é realmente um livro que se lê com aquela paixão que só se experimenta pela coisa impressa no período das primeiras descobertas literárias, na adolescência. Que se "devora", como se diz na linguagem muito significativa daquela fase.

Mas o que faz de "A Bem-Amada" uma obra dessa espécie? Por mim não vejo outra razão senão o seu poderoso dom de romancista-romancista. Isto é, de contador inteligente de histórias e somente disso. O que não quer dizer que seja um contador "fabuloso" à maneira de um Victor Hugo, por exemplo, cujas histórias, a certa altura, começam a se estufar até o vazio, o *desinteressante, a injustificada e falsa representação da natureza e do homem. Ora, quanto ao romancista — e isto sem pretender desfazer na cultura latina — que já no seu primeiro livro "Desperate Remedies", de 1871, George Meredith saudava com palavras de elogio, cumpre não esquecer que é um inglês, um autêntico inglês; em segundo lugar, um grande psicólogo. Hardy, arquiteto de profissão, ao que nos informam as histórias literárias, levava para suas páginas aquele rigor geométrico, de construção, que o lúcido Eupalinos de Valéry resumia naquele sábio conceito de que " na obra de arte não há detalhes", mas "tudo é essencial".*

Não recordo que crítico de história literária fazia grandes reservas ao romance, achando-o um gênero híbrido: até certo ponto como a ópera, que afinal não é teatro nem música, pretendendo conciliar as duas coisas. Mas decerto tinha em mente o romance moderno, que se desviou de sua linha clássica, transformando-se muitas vezes em memorial, ensaio, panfleto político, etc. Aos livros de Hardy nunca se aplicaria essa restrição; neste sentido é um clássico. Ou como se diria hoje: um romancista puro, E sendo um romancista puro, seu domínio é, naturalmente, o do romanesco. Mais: não só do romanesco do enredo, levando suas histórias pelos caminhos do imprevisto e do maravilhoso, mas de estilo. Não há aqui espaço para analisar este ponto, nem me sinto com forças para tentá-lo, mas eis um aspecto de sua obra sobre o qual um conhecedor seguro da língua e literatura inglesas poderia dar-nos um bom estudo. Curioso como Hardy sabe fixar certos detalhes que escapam à maioria dos romancistas. E não apenas fixá-los, mas o que é admirável é a sua peculiar maneira de fazê-lo, resultando que as coisas nas suas páginas vivam mais por si, no seu humilde e recôndito mistério, do que em função do homem. Hardy, ainda escrevendo prosa, é poeta, e sempre poeta. Não admira mesmo que, devido à crítica acerba provocada pelo seu último romance "Jude the Obscure", em 1896, tenha se dedicado daí em diante à poesia.

"A Bem-Amada" é um livro trabalhado. Publicado primeiro na imprensa (1892), com o título de "À procura da Bem-Amada", refundiu-o depois, dando-o (1897), em livro em sua forma definitiva. A ação, ou pelo menos sua parte principal, passa-se numa ilha: pretexto evidente da parte do autor para nos revelar

um mundo de singulares e raras belezas — o mar, a paisagem da ilha com seus penhascos e brancas estradas, suas grandes pedreiras onde os rudes ilhéus exploram a pedra, transportada em enormes blocos por rangedores carros de tração animal até as margens do Canal da Mancha, e suas casas de singular arquitetura, "casas construídas de sólidas pedras, que datam do século XVI, e até de antes, com seus adornos, cumeiras e relevos em perfeito estado." Pequeno mundo fechado. Atmosfera, portanto, "propícia a crear uma personagem do tipo imperfeitamente esboçado nestas páginas: um nativo de nativos; e que alguns considerarão de todo fantástico (se até este ponto o honrarem com sua consideração), mas onde outros poderão ver a realidade viva emprestando um valor objetivo e um nome a esta procura de ideal, comum a todos os homens e particularmente familiar aos platônicos."

Vamos pois conhecer uma história de amor. E como se trata de um amor platônico, Hardy poderia acrescentar à maneira do nosso Bernardim Ribeiro no início de seu "Menina e Moça" — livro da mesma família literária — "os tristes o poderão ler." Aliás ele o faz, apenas numa velada citação de P. B. Shelley: "uma forma com muitos nomes". Mas enquanto para um pequeno romancista o tema renderia uma banal história de amor, e apenas isso, nas mãos de Hardy resulta na dramática história da impossível procura do homem de sua completação no Amor, "o ser sempre indigente", como o chama Platão, em "O Banquete", de quem por afinidade ou leitura, quero admitir que por afinidade, Hardy se revela um alto discípulo. O trecho a propósito não é breve, mas convém transcrevê-lo para dar uma idéia exata de sua concepção do Amor e ao mesmo tempo do romance. Ao escultor Pierston, Jocelyn Pierston, personagem central, e que, como adverte o sub-título do livro, é mais um "temperamento" que um "caráter", o autor atribui estes pensamentos:

"Sempre fora fiel à sua Bem-Amada que, entretanto, assumira diversas personificações. Cada individualidade, chamada Lúcia, Joana, Flora, Evangelina ou outro nome qualquer, não havia sido senão uma forma passageira d'Ela. Pierston constatava isto não como uma desculpa, ou defesa, mas simplesmente como um fato. No fundo, talvez a Bem-Amada nem fosse feita de substância tangível. Era um espírito, um sonho, um êxtase, um

conceito, um perfume, a luz de uns olhos, o sorriso de uns lábios... Só Deus em verdade podia saber o que era; Pierston não. Pierston acreditava-a simplesmente indescritível.

Por não considerar suficientemente que sua Bem-Amada fosse um fenômeno subjetivo, vivificado pelas decisivas influências de sua raça e de seu país, assustava-se ao descobrir nela a sua espiritualidade, a sua independência diante das leis comuns e da relatividade física. — Nunca sabia onde iria encontrá-la na próxima vez, nem aonde a conduziria, pois tinha acesso imediato a todas as categorias, a todas as classes sociais e a qualquer morada humana. Certas noites sonhava que a sua Bem-Amada era a "filha de Zeus" em pessoa, a tramadora de encantos, a implacável Afrodite, ligada a ele para atormentá-lo pelos pecados que contra ela cometia em sua arte de escultor. Compreendia que amava a disfarçada criatura onde quer que a encontrasse, fosse de olhos azuis, pretos ou castanhos, como grande, pequena ou fina de corpo. Ela nunca estava em dois lugares ao mesmo tempo; porém até ali não havia estado muito tempo em um mesmo lugar. Acabaria afinal por se fixar num só ser? Não podia afirmá-lo."

Não; e o romancista, numa artística síntese de longos quarenta anos, nos mostra o terrível sofrimento de uma alma na busca incessante de um ideal, de uma forte e singular paixão que se transfere de uma geração a outra, indo até a neta da primeira mulher que se apresentou outrora em seu caminho. Terrível feitio o seu! Amigos e amigas de sua geração se casavam; vinham os filhos, que por sua vez repetiam o mesmo, e ele sempre à margem da vida. Oh, quem dissera que só se ama na mocidade? Ali estava ele, cada vez mais velho de corpo, no entanto jovem de coração, virgem para novos amores... platônicos. Um volúvel? Um volúvel, apenas com a sinceridade de confessá-lo? Ai dele, que o amigo Somers não compreende, pois: "Não é bem assim", explica-se, "porquanto volúvel não é aqui a palavra. Volubilidade quer dizer cansar-se de uma coisa enquanto essa coisa permanece a mesma. Quanto a mim, sempre fui fiel a essa ilusória criatura, que, pelo menos de minha parte, não consegui nunca reter". Um sibarita? Um sensual? "Mas (e é ainda ele que o diz), essa mudança constante de individualidade em indi-

vidualidade, não foi jamais uma fonte de prazer para mim, nem tampouco um jogo sensual que eu próprio alimentasse. Ver que uma criatura, julgada, por nós perfeita até aquele momento, perde a nossos olhos a *sua divindade e se torna vulgar, transformando-se em cinza a brilhante chama, em frio cadáver* a *quente vitalidade, força é reconhecer que não é agradável para homem algum e, para mim, um doloroso espetáculo. Cada forma que ela abandona é como um ninho outrora habitado por um belo pássaro e onde hoje se vê apenas neve".*

E os anos se passam; ei-lo agora com sessenta anos. Ainda um "*desesperado esforço pela última reencarnação da Bem-Amada*". Será enfim agora? Já era tempo, sim, de dar um pouco de paz a seu inquieto coração. Mas "*às vésperas da posse*"... "*Onde está a Bem-Amada*" desse homem rico, viajado, desse artista bafejado pelo renome, dessa singular criatura a quem a vida não negou coisa alguma? Negou-lhe o principal: uma alma, como a do comum dos homens, capaz de se ligar completamente a um outro ser. E agora findou, a sua comédia, só a morte, a "*funérea Beatriz de mão gelada, mas única Beatriz consoladora*", de outro grande poeta, seu irmão espiritual, lhe acena como a noiva, como a companheira de viagem à "*undiscovered country*" do melancólico príncipe da Dinamarca. E, ironicamente, dedica seus derradeiros momentos a coisas que nada haviam significado na sua atormentada peregrinação por este mundo: à regularização de pequenos negócios materiais. E "*hoje em dia os críticos de arte, os enfatuados críticos de arte, citam por vezes o seu nome, chamando-o de* "o *falecido escultor Pierston*", *e referem-se a suas obras acrescentando não se tratar de um artista destituído de todo de talento, mas cujo valor não foi suficientemente reconhecido em vida*".

Falando até aqui de Hardy, evitei sempre a palavra "*tragédia*", empregando em seu lugar "*drama*". Não o *fiz impensadamente, no que decerto se verá uma restrição. Restrição ou apenas observação à margem, e certa ou errada, a verdade é que me parece justa. Explico-me: evidentemente* o *método comparativo é* o *mais frágil método crítico; cada fenômeno, sabe-se, vale por si e tão-somente por si. Não quero pois explorá-lo aqui. Contudo, habituado à calida atmosfera de um Dostoiewsky e escritores desta linhagem confesso que, apesar de tudo, Hardy não me satisfaz plenamente. Pois, ou muito me engano, ou ele não nos dá aquele forte sentimento de libertação, de catarse final que se encontra nas páginas do genial mestre russo. Não estou acusando Hardy de pessimista: é um direito que lhe assiste; minha intenção era afirmar que o autor de "A Bem-Amada" não vai nunca às extremas conseqüências da condição humana. Mantém-se apenas na periferia da alma e, de seus conflitos, não atinge jamais o núcleo central e último do ser e espírito. É um psicólogo, e profundo psicólogo, mas nunca um pneumatólogo, como diria Berdiaeff. No russo, nos seus grandes romances, as personagens sofrem o drama, e aliás sabemos com que força, mas enriquecem-se espiritualmente e cantam — ou pelo menos não ficam longe desta possibilidade — como Ivã Karamazoff, o "Hino à Alegria", de Schiller. Enquanto que no inglês são dominados pelo "destino fatal", tanto exterior como interiormente são defraudados, e, ainda que com grande nobreza, vítimas sentimentais.*

Precisamente isto, quero crer, é que faz de Hardy um autêntico filho de seu tempo, esse terrível século 19, e um verdadeiro expoente de sua raça e de seu país, a imperialista e gorda Inglaterra vitoriana. Mas aceitemo-lo tal como é, pois ele nos ajuda gratuitamente a compreender melhor a vida e a nossa própria alma, num de seus aspectos mais altos: o Amor.

Agosto, 944.

XAVIER PLACER.

PREFÁCIO

Trabalhada pela mão do Tempo em um bloco inteiriço de pedra, a península onde se vão passar as principais cenas do presente relato abriga, desde épocas remotas, uma população cujas estranhas crenças e singulares costumes não passam hoje de uma simples lembrança. Desenvolvem-se ali, espontaneamente, sobretudo entre os nativos que não se associam aos trabalhos da "Ilha", certas lendas semelhantes a esses arbustos de frágeis troncos, que não resistem às espessas nevadas de terra firme, mas que desabrocham junto ao mar no mais desabrigado ambiente. Nenhum lugar mais propício a criar uma personagem do tipo imperfeitamente esboçado nestas páginas: um nativo de nativos; e que alguns considerarão absolutamente fantástico (se até este ponto o honrarem com a sua consideração), mas onde outros poderão ver a realidade viva emprestando um valor objetivo e um nome a esta procura de ideal, comum a todos os homens e particularmente familiar aos platônicos.

Para quem conhece a rochosa região de Inglaterra aqui descrita, que domina o largo Canal da Mancha, com o seu surpreendente relevo, projetando-se pelo mar adentro, até alcançar a temperada área por onde flui a corrente do Golfo até o mês de fevereiro, se admirará de que artistas e poetas, desejosos de inspiração, não tenham escolhido mais freqüentemente estas paragens para retiro, ao menos durante um ou dois meses por ano, sobretudo durante o período de tempestades. Aliás, para ser exato, uma região destas serve de retiro a certos talentos originais pensionados por seus países, ainda que dificilmente se consiga descobrir sua presença. E no final de contas talvez fosse mesmo preferível que não aparecessem estes forasteiros artistas, e que não se voltasse a falar da compra e venda de casas livres de impostos por algumas centenas de libras; casas construídas de sólidas pedras, que datam do século XVI, e até de antes, com seus adornos, cumeeiras e relevos em perfeito estado. Seja dito de passagem que estas transações se estipulavam e acertavam, até bem pouco tempo, na igreja paroquial, na presença da congregação de fiéis, pois tal era o antigo costume da ilha.

Quanto ao romance em si, que fique dito entre parêntesis, difere de todos, ou pelo menos da maior parte dos do mesmo autor, no qual sua finalidade é de espírito idealista ou subjetivo, e absolutamente fantástico, razão pela qual se sacrificou à referida finalidade a verossimilhança na ilação dos episódios.

A primeira publicação desta obra em livro é de 1897; havia aparecido, porém na imprensa em 1892, sob o título de "À Procura da Bem-Amada", sendo que alguns capítulos foram reescritos depois da primeira tentativa para a definitiva versão que ora apresentamos.

THOMAS HARDY.

PRIMEIRA PARTE

UM JOVEM DE VINTE ANOS

> *"E se o Tempo sabe*
> *Que Ela sobre cuja radiante fronte*
> *Meus anelos tecem uma grinalda;*
>
> *Ela é realmente a que ousa*
> *Encarnar o que estas linhas querem ver:*
> *Não procurarei mais longe — é Ela."*
>
> R. Crashaw.

CAPÍTULO I

UMA APRESENTAÇÃO IMAGINÁRIA DA BEM-AMADA

Uma pessoa muito diferente dos transeuntes do lugar subia o íngreme caminho que, através do pequeno povoado costeiro chamado Street of Wells, liga o continente a esta singular península, espécie de Gibraltar de Wessex, e a que chamam mesmo a Ilha. Projetando sua enorme cabeça de pássaro no Canal da Mancha, e ligando-se à terra firme por um comprido e estreito ístmo de rochedos "atirados ali pela fúria das ondas", ela é de um aspecto sem igual na Europa.

O passeante era exatamente o que seu exterior sugeria: um jovem de Londres ou de qualquer grande cidade do Continente. Ninguém seria levado, ao vê-lo que sua distinção consistia tão-somente no trajar. Ia recordando, não sem um pouco de remorso, que três anos e oito meses haviam decorrido desde que pela última vez visitara seu pai naquele solitário rochedo em que nascera e todo aquele tempo o havia gasto entre pessoas, costumes e paisagens estranhas. Ao olhar do presente, tudo o que lhe havia antigamente parecido natural e familiar, afigurava-se diferente e esquisito. Mais do que nunca parecia-lhe que, conforme se dizia, fora em outro tempo a antiga ilha de Vindília, Pátria dos Piratas. Já não eram para ele familiares o abrupto rochedo, o amontoado das casas, as portas de umas se abrindo sobre o telhado das outras, os jardins suspensos para o céu, as verduras cultivadas em planos quase inclinados, enfim, toda aquela pesada massa como um áspero e inteiriço bloco da pedra de quatro milhas de longitude. Solitária, a ilha se elevava resplandecente e branca, sob um céu muito claro, em contraste com o verde do mar, e o sol rebrilhava sobre as infinitas estratificações das paredes de óolito:

... *Melancólicas ruínas*
de passadas eras.

De todos os espetáculos a que ele tivera ocasião de assistir, nenhum atraía com tanta intensidade a sua atenção.

Depois desta difícil subida, chegou afinal ao alto, e atravessando a planície dirigiu-se para a aldeia, que ficava para oeste. Como já se ia em meio o verão, e eram duas horas da tarde, o caminho estava poeirento e faiscante. Ao chegar perto da casa de seu pai, sentou-se ao sol.

Estendeu a mão sobre uma pedra próxima, e viu que escaldava. Era aquela a temperatura da ilha, à hora da sesta. Ruídos longínquos vieram até ele: rrr, rrr, sse, sse; eram os ruídos dos canteiros e serradores de pedras.

Bem em frente ao lugar em que estava sentado, via-se uma espaçosa vivenda familiar, toda de pedra como as outras da ilha; não só as paredes, a esquadria das janelas, o telhado, a chaminé, a balaustrada, o postigo, o quadrante, o estábulo, mas quase também a porta.

Relembrava quem havia morado ali — provavelmente ainda vivia — a família Caro; os Caros da "égua baia", como os chamavam para distingui-los de outros ramos da mesma árvore genealógica, pois havia apenas em toda a ilha meia dúzia de famílias com nomes batismais e tantos outros apelidos. Atravessou o caminho e aproximou-se da porta: com efeito, encontravam-se ali.

A senhora Caro, que o havia notado pela janela, saiu ao seu encontro à entrada da casa, e ambos se cumprimentaram à antiga maneira. Momentos depois, abriu-se uma porta que dava para os aposentos interiores, e uma moça de dezessete para dezoito anos apareceu na sala.

— Como, é você, querido Joce? gritou ela com alvoroço.

E adiantando-se até o jovem, deu-lhe um beijo.

Esta demonstração de afeto era bastante agradável partindo da dona de tão carinhoso e brilhante par de olhos castanhos e de umas tranças tão negras; foi porém tão repentina e inesperada para um homem recém-chegado da cidade, que ele retrocedeu quase involuntariamente por um instante, retribuindo depois o beijo com certo constrangimento, e observando:

— Avícia, minha linda pequena! Como está você, desde o tempo em que não mais a vi?

Na sua ingenuidade, a moça não havia notado o seu embaraço, mas a senhora Caro, a mãe, que havia observado imediatamente, voltou-se para a filha, não sem um ligeiro rubor:

— Avícia! Minha querida Avícia, vamos... que faz você? Não vê que você já se tornou uma mulher desde que Jocelyn, o senhor Pierston, esteve aqui pela última vez? É preciso não se portar como há três ou quatro anos passados.

Com dificuldade conseguiu afinal Pierston dissipar o mal-estar criado pelo incidente, acrescentando que esperava que a moça continuaria tratando-o como em sua infância, o que deu lugar a alguns minutos de conversa sobre generalidades. Queixava-se Jocelyn de todo o coração de sua ridícula atitude de há pouco. Ao despedir-se, repetiu que se Avícia o tratasse de outra maneira que não a habitual nunca perdoaria. Contudo, ainda que se tivessem separado bons amigos, o rosto da moça denunciava o pesar que o incidente lhe havia causado. Jocelyn saiu, encaminhando-se para a casa de seu pai, que ficava a dois passos. Mãe e filha haviam ficado sozinhas.

— Minha filha, que surpresa você me causou! exclamou a mãe. Um jovem que acaba de chegar de Londres e talvez de outras cidades estrangeiras, habituado aos severos comportamentos em sociedade e ao trato com senhoras que quase consideram vulgar o sorrir abertamente! Como pôde você conduzir-se de tal modo, Avícia?

— Não me lembrei de que não sou mais criança! disse a moça, arrependida. Antigamente eu o beijava... e ele também...
— Sim, mas isso era há muitos anos, minha querida!
— Sim, há muitos anos; mas eu naquele momento não me lembrei. Pareceu-me o mesmo de outros tempos.
— Bem, agora não há remédio. Mas procure ser mais refletida para o futuro. Ele tem muitas moças entre as quais escolher, garanto, enquanto que lhe sobra muito pouco tempo para pensar em você. É um escultor, e, conforme ouço dizer, esforça-se por fazer-se célebre um dia nessa arte.
— Bem, o mal está feito, agora não há remédio, suspirou a moça.

Enquanto isto Jocelyn Pierston, o escultor de principiante fama, encaminhara-se para a casa de seu pai, homem positivo, entregue exclusivamente a seus negócios, do qual entretanto recebia Jocelyn uma mesada anual à espera do dia em que viesse chegar a glória. Mas o velho, como não havia recebido comunicação desta visita de seu filho, não se encontrava em casa. Jocelyn deitou uma olhadela à casa paterna, e através dos prados viu os campos onde as eternas serras iam e vinham sobre os eternos blocos de pedra. Pareciam-lhe as mesmas serras e os mesmos blocos que vira, quando de sua última estada na ilha. A seguir foi ao pequeno jardim, atrás da casa.

Como todos os jardins da ilha, este era cercado por uma paliçada de galhos secos que ia dar, formando um ângulo, com o jardim dos Caros. Mal havia chegado a este lugar, quando ouviu, do outro lado da cerca, murmúrios e soluços. E reconheceu a voz de Avícia, a qual parecia confidenciar suas penas a uma amiga.

— Oh, que fiz eu! Que fiz eu! dizia ela com tristeza. Que imprudência, que falta de pudor! Como pude fazer semelhante coisa! Ele nunca vai me perdoar, e nunca, nunca, tornará a estimar-me. Vai decerto tomar-me como uma atrevida... no entanto, no entanto eu nem me lembrei no momento que já não era uma criança... Oh, que ele nunca imagine tal coisa!

O tom da voz da moça revelava que pela primeira vez em sua vida havia adquirido consciência de sua feminilidade, como de um bem, muito pouco invejável, mas pelo contrário, que a envergonhava e perturbava.

— E ele mostrou-se aborrecido por isso? indagou a amiga.
— Aborrecido? Ah, isso não; pior: frio, orgulhoso. Sim, agora é uma pessoa fina, e não um homem da ilha. Mas é inútil falar sobre isso. Oh, quisera morrer!

Pierston afastou-se o mais depressa possível. Lamentava o incidente que havia causado um tal cuidado àquele coração simples; e, apesar disso, começava a ser para ele uma fonte de prazer indefinível. Voltou à casa, e quando acabado de chegar, seu pai o acolheu carinhosamente e jantou com ele, Jocelyn tornou a sair desejoso de consolar o sofrimento de sua jovem vizinha. Para falar verdade, a afeição que sentia por ela parecia-se mais a amizade do que amor; e não estava absolutamente seguro de que o Ideal transmigrador e artificioso (a que ele chamava o seu amor, e que havia encarnado desde a sua adolescência num número infinito de formas humanas), fosse escolher agora a sua morada na pessoa de Avícia Caro.

CAPÍTULO II

DESCONFIA-SE DE QUE A ENCARNAÇÃO É VERDADEIRA

Não tornou a encontrá-la, apesar de vizinhos e ainda que naquele pedaço de rocha fosse mais difícil se evitarem do que se verem as pessoas. Mas a brusca consciência que havia tomado de si própria acabava de transformar Avícia, e mal ele tentava uma saída de casa, corria a esconder-se em seu quarto como um bicho arisco.

Desejoso Jocelyn de tranqüilizar Avícia depois do involuntário agravo que lhe fizera, não pôde suportar mais tempo aquelas maneiras esquivas. Os costumes da ilha eram primitivos e francos, mesmo entre as pessoas de bom-tom, e ao observar o retraimento de Avícia, seguiu-a Jocelyn um dia até dentro de sua casa, ao pé mesmo da escada interior.

— Avícia!
— Eu, senhor Pierston!
— Por que você corre pela escada acima dessa maneira?
— Oh, nada... é que vou buscar uma coisa no quarto.
— Bem; pois quando a encontrar desça de novo, sim?
— Não posso descer.

— Venha, querida Avícia. Você bem sabe quanto a estimo!
Avícia não respondeu.
Jocelyn continuou:
— Está bem; se não quer, também não desejo incomodá-la.
E Pierston afastou-se.
Havia-se detido a contemplar as flores de uma trepadeira na cerca do jardim, quando ouviu alguém atrás de si:
— Senhor Pierston, não estou aborrecida com o senhor, não. Quando o senhor saiu, imaginei que podia tê-lo levado a mal, e compreendi que era preciso vir dizer-lhe que sou sua amiga.
Voltando-se, viu Pierston o ruborizado rosto de Avícia perto dele, e exclamou:
— Você é uma boa e amável pequena!
E tomando-lhe a mão, atraiu-a para si, depondo em sua face um beijo que bem podia passar como uma resposta ao seu do dia da chegada.
— Querida Avícia! Perdoe-me o agravo do outro dia. Não me perdoa, hein? Diga-me que sim. E agora escute, pois vou dizer-lhe o que nunca disse a mulher alguma, viva ou morta. Você me quer por marido?
— A mim, que, conforme diz mamãe, sou uma pequena tão vulgar, faz essa pergunta?
— Não, você não é, querida. Depois você me conhece desde pequeno e as outras não.
Jocelyn Pierston respondeu como pôde às objeções que ela propunha, e ainda que Avícia não desse o seu consentimento, combinaram ali mesmo encontrar-se naquela tarde para irem juntos à extremidade sul da ilha, chamada Beal ou Bill pelos visitantes, detendo-se na misteriosa caverna cognominada *Cave Hole*, onde o mar vinha bater com o mesmo surdo rugido dos seus velhos tempos de criança. Para segurá-la enquanto olhava a caverna, ele ofereceu-lhe o braço, que ela aceitou pela primeira vez como mulher, depois de ter sido por tanto tempo sua companheira. Em seu passeio chegaram até o farol, onde se teriam deixado ficar largo tempo se Avícia de repente não se lembrasse de que, naquela mesma tarde, estava comprometida para declamar uma poesia no palco montado em *Street of Wells*, a aldeia que dominava a entrada da ilha, e que ultimamente se havia desenvolvido até transformar-se numa pequena cidade.

— Recite-a, disse Pierston. Quem acreditaria que se pudesse jamais ouvir neste lugar outra coisa senão o eterno recitador que aqui vimos, o nunca silencioso mar!

— Oh, nós agora somos muito letrados! Sobretudo no inverno. Mas não venha à declamação, Jocelyn, sim? Se você vier ficarei muito perturbada, o que me fará declamar mal e eu não quisera sair-me pior que as outras.

— Bem, se você não quer, não irei. Mas deixe-me então que a vá esperar à porta para acompanhá-la até sua casa.

— Está bem! respondeu, fitando-o no rosto.

Avícia era naquele momento perfeitamente feliz. Nunca teria podido imaginar, naquele aflitivo dia de sua chegada, que podia vir a ser feliz com ele. Ao chegar à margem oriental da ilha, trataram de voltar afim de que ela dispusesse de tempo suficiente para ocupar seu lugar no palco. Pierston voltou a sua casa, e, ao anoitecer, quando era aproximadamente a hora de ir buscá-la, encaminhou-se para *Street of Wells*.

Remorsos o torturavam. Conhecia Avícia Caro desde tão pequena, que seu sentimento por ela se aproximava mais da amizade que do amor, e inquietavam-no as conseqüências do que naquela manhã lhe havia dito num momento de impulsiva emoção; não que nenhuma das mulheres, entre as mais volúveis ou fiéis que sucessivamente o haviam atraído, pudesse separá-los; nem ele o temia. Porém, menos presunçoso, não esperava que o ídolo de sua imaginação (que ele adorava mais ou menos largo tempo), personificasse o Amor sonhado.

Sempre fora fiel à sua *Bem-Amada*, que, entretanto, havia assumido diversas personificações. Cada individualidade, chamada Lúcia, Joana, Flora, Evangelina ou outro nome qualquer, não havia sido senão uma forma passageira *d'Ela*. Pierston constatava isto não como uma desculpa, ou defesa, mas simplesmente como um fato. No fundo, talvez a Bem-Amada nem fosse feita de substância tangível. Era um espírito, um sonho, um êxtase, um conceito, um perfume, a luz de uns olhos, o sorriso de uns lábios... Só Deus em verdade podia saber o que era; Pierston não. Pierston acreditava-a simplesmente indescritível.

Por não considerar suficientemente que sua Bem-Amada fosse fenômeno subjetivo, vivificado pelas decisivas influências de sua raça e de seu país, assustava-se ao descobrir nela a sua espiritualidade, a sua independência diante das leis comuns e da relatividade física. Nunca sabia onde iria encontrá-la na próxima vez, nem aonde o conduziria, pois tinha acesso imediato a todas as categorias, a todas as classes sociais e a qualquer morada humana. Certas noites sonhava que a sua Bem-Amada era a "filha de Zeus" em pessoa, a tramadora de encantos, a implacável Afrodite, ligada a ele para atormentá-lo pelos pecados que contra ela cometia em sua arte de escultor. Compreendia que amava a disfarçada criatura onde quer que a encontrasse, fosse de olhos azuis, pretos ou castanhos, como grande, pequena ou fina de corpo. Ela nunca estava em dois lugares ao mesmo tempo; porém até ali não havia estado muito tempo em um mesmo lugar.

Como já houvesse chegado à compreensão disto muito antes deste momento, esforçava-se por não fazer tolas acusações à sua consciência. Não ignorava que a que sempre sabia seduzi-lo, conduzindo-o como um fio de seda aonde desejava, nunca permanecera muito tempo num mesmo tabernáculo humano. Acabaria afinal por se fixar num só ser? Não podia afirmá-lo.

Se tivesse sentido que Ela se manifestava em Avícia ele se esforçaria em acreditar que seria aí o ponto final de suas transmigrações e procuraria manter sua palavra. Mas afinal de contas, via a Bem-Amada em Avícia? Perturbadora questão.

Havia Pierston chegado até o topo da colina e resolveu descer à aldeia, onde numa larga rua romana não demorou em descobrir o iluminado salão. Não havia terminado ainda a representação e, contornando o edifício, pôde ver desde um terrapleno, até a altura do palco. Não demorou em chegar a vez de Avícia. O seu encantador embaraço diante da assistência afastou de Pierston qualquer dúvida. Na verdade era o que se chama uma "bela" mulher; certo muito simpática, mas sobretudo bela; uma daquelas com quem os perigos do casamento se reduzem quase a zero. O seu olhar inteligente, a sua larga fronte, o seu meigo ar pensativo, davam a Pierston a convicção de que de todas as moças que havia conhecido, nenhuma encontrara possuidora de mais encantadoras e sólidas qualidades do que Avícia Caro. Nem ia nisto um equívoco: há muito que ele conhecia por completo todos os aspectos de sua personalidade e temperamento.

Uma carruagem atravessou a rua; seu estrépito, porém, não chegou a impedir que Pierston ouvisse a suave e doce voz de

Avícia. O auditório, encantado, aplaudiu-a e ela ruborizou-se. Pierston aproximou-se da porta, pondo-se à espera, e quando a assistência foi diminuindo, viu-a aguardando por ele.

Sem demora seguiram pelo Caminho Velho, apoiando-se Pierston no parapeito lateral da rampa, enquanto com o outro braço conduzia Avícia. Ao alcançar o alto, deram uma pequena volta e pararam. À esquerda, o céu mostrava-se estriado como um leque pelos raios do farol, e em frente a eles, de instante a instante, ouvia-se um ruído abafado e surdo como o ribombo de um tambor; e neste breve intervalo ressoava um longo rangido como de ossos triturados por uma enorme mandíbula. Este barulho que se elevava e morria incessantemente contra a alta penedia, provinha da vasta baía do Homem Morto.

A Pierston parecia que os ventos da tarde e da noite chegavam até ali carregados de alguma coisa que somente eles podiam compreender — sopravam daquela sinistra baía de onde subia nitidamente o surdo rumor das águas. Era como uma aparição, essência ou imaginária forma da humana multidão que jazia ali em baixo; todos aqueles que haviam naufragado em navios de guerra, barcos mercantes, faluas, bergantins e vasos da Armada; nobres, humildes ou miseráveis, cujos interesses e esperanças haviam sido tão opostos e tão distantes como os polos, e que agora se misturavam naquele eterno leito inquieto que é o oceano. Quase que se podia sentir ali a presença de sua sinistra sombra, vagando em informe figura sobre a ilha e clamando desesperadamente por algum deus compassivo que viesse libertá-los.

Sob essas influências, andaram ambos durante muito tempo até alcançarem o antigo cemitério da igreja da Esperança, que se estendia por uma ravina formada pelo desmoronamento do terreno. Com o resto do penhasco, a igreja havia desabado e ficou largo tempo em ruínas, como que proclamando que neste último reduto das divindades gentílicas, onde perduravam velhos costumes pagãos, o cristianismo se estabelecera de um modo apenas precário. Foi neste solene lugar que Jocelyn deu um beijo em Avícia.

Longe disto, desta vez este beijo não foi iniciativa da moça; ao contrário, a sua desenvoltura do primeiro momento como que havia fortalecido o seu recato de agora.

Aquele dia foi o primeiro de um mês encantador, passado quase inteiramente na companhia um do outro. Pierston descobriu que Avícia não só sabia declamar poesias em reuniões intelectuais, mas que tocava admiravelmente piano e cantava acompanhando-se a si mesma. Pôde observar também que a intenção dos que a haviam educado fora afastá-la, mentalmente, de toda a influência do espírito da ilha; fazer dela um reprodução exata de milhares de pessoas cujo característico é não ter personalidade, não oferecer nada de significativo e individual; ensiná-la a esquecer todas as tradições dos antepassados; substituir as baladas locais por canções compradas na loja de música de Budmouth e a linguagem popular pela de uma ama que não falava afinal língua nenhuma. Vivia numa casa que teria feito a fortuna de um artista, e, no entanto, aprendia a desenhar quintas suburbanas de Londres, copiadas de gravuras.

Avícia havia notado tudo isto antes que ele o dissesse, porém, condescendeu com docilidade de moça. No fundo era ilhoa até a medula, ainda que não pudesse escapar à tendência do seu tempo.

Aproximava-se o dia da partida de Jocelyn, e ela o encarava com tristeza, ainda que serenamente, pois oficialmente já estavam noivos. Pierston pensou nos costumes tradicionais em semelhantes ocasiões, os quais haviam prevalecido durante séculos nas famílias de um e outro, pois ambas eram da velha estirpe da ilha. A influência dos *kimberlins* (como chamavam aos forasteiros vindos de Wessex), contribuira em grande parte para desacreditar esses velhos costumes; porém por debaixo do verniz da educação de Avícia dormitavam muitas idéias tradicionais, e Pierston se perguntava, se à melancolia de sua partida não se misturaria nela a saudade de velhos hábitos que outrora ratificavam os noivados e haviam consagrado os de seus pais e avós.

CAPÍTULO III

O ENCONTRO

— Eis chegado o fim de minhas férias, disse Pierston. Que doce surpresa me reservava minha terra natal, e dizer que durante três anos nem pensei em vir cá!

— Você parte amanhã? perguntou Avícia com tristeza.

— Sim, amanhã.

Alguma coisa parecia afligi-los; alguma coisa mais que a natural tristeza de uma ausência que não havia de ser longa. Resolveram que, em lugar de se despedirem durante o dia, retardaria ele sua partida até a noite, tomando o trem de Budmouth. Assim teria tempo de visitar as pedreiras de seu pai; e se ela quisesse, poderiam passear juntos pela praia até o castelo de Henrique VIII, sobre as dunas, onde poderiam se deter para contemplarem a ascensão da lua sobre o mar. Avícia respondeu que achava que podia acompanhá-lo.

E foi assim que depois de passar Jocelyn o dia seguinte com seu pai nas pedreiras, preparou-se para a partida, e à hora marcada deixou a pétrea casa natal, na sua pétrea ilha, para encaminhar-se pela praia a Budmouth, pois Avícia havia descido um pouco mais cedo para ver umas amigas de Street of Wells, que ficava a meio caminho do lugar de encontro. Não tardou a chegar à praia dos pequenos seixos, e deixando atrás de si as últimas casas da ilha e as ruínas da aldeia destruída pela terrível tempestade de novembro de 1824, andou ao longo da estreita faixa de terra. Tendo caminhado cerca de uns cem passos, parou e, contornando o paredão de pedra que se estendia ao longo do mar, sentou-se à espera de Avícia. Dois homens passaram lentamente, tirando de sua vista a luz dos faróis de alguns barcos ancorados na enseada. Um deles reconheceu Jocelyn e, dando-lhe boa-noite, acrescentou:

— Cumprimento-o, senhor, pela feliz escolha, e espero que o casamento não demore muito.

— Obrigado, Leaborn. Vamos ver se será possível lá pelo natal...

— Pois foi a primeira palavra de minha mulher esta manhã: "Que Deus me dê vida para ainda vê-los casados, a mim que os conheço desde pequenos!"

Os homens se afastaram; e quando se encontraram ambos a distância de não serem ouvidos por Pierston, o que se havia mantido calado perguntou ao companheiro:

— Quem é esse jovem *kimberlin*, hein? Pelo aspecto não me parece um dos nossos.

— Engana-se, ele o é, e da cabeça aos pés. É o senhor Jocelyn Pierston, filho único do explorador de pedra nas Pedreiras de Leste. Está para casar com uma encantadora moça, cuja mãe é viúva, e que continua o mesmo comércio do marido da melhor maneira que pode; mas ela não possui nem a décima parte do velho Pierston, que dizem ser riquíssimo, ainda que viva modestamente há muitos anos na mesma casa. Este filho dele está realizando grandes coisas em Londres, como escultor, aliás me lembro que de pequeno ele já esculpia figurinhas de soldados em lascas de pedra que arranjava na pedreira do pai; ouvi dizer que está muito bem relacionado em Londres, e o mais curioso é que venha aqui para escolher a jovem Avícia Caro, que sem dúvida é uma encantadora pequena, mas... Oh, mas repare só que trovoada vem aí!

Enquanto isto, Pierston esperava no lugar marcado para o encontro, até que chegaram as sete horas da noite, hora exatamente combinada com a noiva. De repente, percebeu ao pé da colina vindo dos lados da aldeia, uma vaga silhueta que foi aos poucos tomando corpo. Era um garoto de uns doze anos; aproximando-se dirigiu-se a Jocelyn e tendo-lhe perguntado se ele era o senhor Pierston ao receber resposta afirmativa, entregou-lhe uma carta.

CAPÍTULO IV

UM PASSEANTE SOLITÁRIO

Quando o garoto desapareceu, Jocelyn encaminhou-se até a luz do poste mais próximo e leu as seguintes linhas escritas pela mão de Avícia:

"Querido, espero que você não se aborreça com as reflexões que o nosso encontro desta tarde nas ruínas de Sandsfoot me sugerem. Quero crer que seu pai já tenha insistido com você para que realizemos nosso noivado segundo o antigo costume; o que seria bastante natural, uma vez que você pertence a uma das mais antigas famílias da ilha. A falar verdade, é mamãe, quem o supõe.

Ora, tal não é minha maneira de ver: acho os costumes antigos passadismos ridículos sem nenhuma razão de ser. De modo que prefiro (e você compreende que apenas para guardar as aparências), não ir encontrá-lo em um lugar que poderia, a outros que não a nós, parecer um desrespeito à velha tradição.

Estou certa de que esta decisão não o aborrecerá muito, pois compreenderá decerto meus sentimentos absolutamente, "modernos" e não me julgará mal por causa deles. Se nos conduzíssemos de outra maneira e depois nos saíssemos mal, poderíamos julgar, conforme os velhos sentimentos de família, como julgariam nossos antepassados e provavelmente seu pai, que não nos poderíamos casar honradamente e, por isso, sermos infelizes.

Eis aqui o que tinha a dizer-lhe. Você voltará dentro de muito breve, não é, meu querido Jocelyn? Assim o espero, e então chegará o dia em que não serão mais necessárias estas despedidas. Eternamente sua,

Avícia".

Lida a carta, surpreendeu-se Jocelyn com a ingenuidade que notava e a antiquada simplicidade de Avícia e de sua mãe, ao suporem que era uma séria e ativa norma o que para ele e outros de fora da ilha era apenas um bárbaro arcaísmo. Seu pai, como homem de posses, podia alimentar intenções positivas em relação a sua descendência, o que tornava plausível a suposição de Avícia e de sua mãe; porém apesar desse seu feitio, nunca havia falado ao filho a favor dos velhos costumes.

Por outro lado, sorrindo de Avícia, que na sua ingenuidade se acreditava "moderna", Jocelyn ficou desapontado e um tanto triste que um motivo tão imprevisto o privasse de sua companhia. Como sob o frágil verniz da educação moderna se escondiam as velhas idéias!

O leitor deve por certo se lembrar que isto acontecia há mais de quarenta anos, ainda que a data não seja muito antiga na história da ilha dos Piratas.

O tempo mostrava-se chuvoso, e Jocelyn, sentindo-se sem vontade de voltar para alugar um carro, continuou seu caminho inteiramente só. Em tão deserto lugar, a brisa noturna fazia-se sentir com violência, e o mar, revolto, batia contra a muralha de pedras em ritmos tumultuosos que lembravam entrechoques de batalhas e gritos de vitória.

Súbito, diante dele, no caminho clareado pela lua, distinguiu uma silhueta de mulher, e lembrou-se então de que alguém havia passado por ele enquanto lia a carta de Avícia sob a luz do farol.

Por um momento teve ainda a ilusória esperança de que pudesse ser Avícia, cujo estado de espírito bem podia ter mudado; porém era mais alta e mais bem proporcionada que sua noiva, e, ainda que se estivesse no outono, estava envolta num casaco de peles.

Não demorou a chegar perto dela, e foi então que à luz da enseada pôde ver claramente o seu perfil. Como o porte da própria Juno, era o seu majestoso e cheio de orgulho. Pierston nunca havia visto uma beleza tão perto do clássico! Andava a largos passos elásticos, mas com tanta desenvoltura e firmeza, que nem um breve segundo se atrasava. Durante este tempo, ele a observava disposto já a dirigir-lhe a palavra, quando ela se voltou, perguntando:

— Creio que é o senhor Pierston, das Pedreiras de Leste, não?

Ele confirmou, e pôde então observar quão belo, imponente e orgulhoso era o seu rosto, de perfeito acordo aliás com o tom de sua voz. Era um tipo de todo novo em suas experiências amorosas, com um sotaque não tão local quanto o de Avícia.

— Pode fazer o obséquio de dizer-me as horas?

Ele tirou o relógio do bolso, acendendo um fósforo: eram sete e quinze. E à rápida claridade do fósforo, reparou que os olhos dela estavam um pouco vermelhos e irritados como se houvesse antes chorado.

— Senhor Pierston, continuou ela, ainda que pareça um tanto esquisito, me desculpará do que lhe vou dizer? É isto: poderia acaso emprestar-me algum dinheiro por um ou dois dias? Imagine que sou tão esquecida que deixei minha bolsa em cima da penteadeira.

Isto sem dúvida era esquisito; porém a fisionomia da jovem desconhecida revelara uma tal expressão, que no mesmo instante deu-lhe a certeza de não se tratar de uma impostora. Atendeu Pierston ao pedido, mas metendo a mão no bolso deteve-se neste gesto, indeciso quanto à quantia que devia oferecer. Contudo, sua esplêndida beleza de jovem Juno, sua audaciosa atitude, decidiram-no a pôr-se em harmonia com ela e a corresponder regiamente. Já pressagiava um romance, e estendeu-lhe cinco libras esterlinas.

Uma tal munificência não pareceu em absoluto surpreendê-la, ao contrário, pois ao ouvir Pierston anunciar a quantia em voz alta, com receio de que ela não a notasse, disse tranqüilamente:

— Obrigado! Isso chega.

Enquanto caminhava conversando assim com ela, não reparara Pierston que o vento, passando de simples brisa a ventania com a rápida mudança própria do lugar, trouxera a anunciada chuva. As gotas, que de início haviam bombardeado a sua face esquerda, tornaram-se como uma descarga de fusilaria, das quais uma só rajada foi o bastante para molhar a manga do paletó de Jocelyn.

Voltou-se para ele a desenvolta moça um tanto inquieta com o imprevisto daquela chuva, com que visivelmente não havia contado ao sair de casa.

— Precisamos arranjar um abrigo, disse Jocelyn.
— Sim, mas onde? respondeu ela.

À esquerda estendia-se a longa praia monótona, demasiado exposta para servir de abrigo, e onde os seixos se entrechocavam num sonoro ruído de correntes arrastadas; à direita, a pequena enseada onde a longínqua luz dos navios, agora mais e mais encoberta, brilhava fracamente. Atrás deles, pontos luminosos aqui e ali indicavam a situação da ilha; diante deles, nada se via de definido e nada veriam até que alcançassem uma frágil ponte de madeira, à distância de uma milha, pois o castelo de Henrique VIII ficava ainda um pouco além.

Felizmente, justo ao pé da praia para onde provavelmente o haviam arrastado a fim de livrá-lo da corrente das ondas, via-se um desses barcos da região, chamados "lerrets", com a quilha ao tempo. Logo que o viram, escalaram ambos num mútuo impulso a amurada de pedra. Então puderam observar que há muito devia encontrar-se naquele lugar, alegrando-se por terem descoberto tão seguro abrigo; como o fundo estava alcatroado, arrastando-se entre as cordas que, presas aos esteios, serviam de amarras, introduziram-se no interior do barco. Contra os bancos, remos e outros apetrechos dos remadores, estendia-se uma rede seca. Então sentaram-se nela, com as cabeças abaixadas, visto a impossibilidade de as conservarem levantadas.

CAPÍTULO V

UM DEVER

A escuridão era completa e a chuva caía sobre a quilha da velha embarcação como trigo lançado a mancheias por um gigantesco semeador.

Estavam os dois encolhidos, tão juntos um do outro, que ele sentia contra si o doce calor do casaco de peles em que ela se abrigava. Nada haviam falado até ali, quando, de repente, ela observou com afetada indiferença:

— Que azar, hein!

Pierston concordou, e depois de haverem trocado outras impressões, ele certificou-se de que ela havia realmente chorado, pois de quando em quando deixava escapar silenciosos suspiros.

— Talvez seja mais aborrecido para a senhorita que para mim, o que muito lamento, disse Pierston.

Ela nada replicou; ele acrescentou que aquelas paragens eram bem desertas para uma mulher, sobretudo andando sozinha e a pé. Esperava que não lhe tivesse sucedido nada de grave para levá-la àquela situação.

De início ela não pareceu de forma alguma disposta a confidenciar os seus cuidados, e Pierston entrou em conjecturas sobre quem podia ser, seu nome e como o conhecia. Como a chuva não parecesse diminuir tão depressa, sugeriu:

— Talvez fosse conveniente voltarmos, não?

— Absolutamente! respondeu ela.

E a firmeza com que ela pronunciou esta palavra revelava-se inequivocamente no seu tom de voz.

— E por que não? ousou ele.

— Tenho fortes motivos para isso.

— Não compreendo como pode conhecer-me, pois quanto a mim não tenho esse prazer... observou Pierston.

— Oh, mas decerto que me conhece, ou ao menos sabe meu nome!

— Não, não sei; acaso é kimberlina?

— Absolutamente. Sou até uma verdadeira ilhoa, ou melhor já o fui... Nunca ouviu falar na Best-Bed Stone Company?

— Conheço! Aliás procurou arruinar meu pai, dificultando-lhe o comércio, senão a Companhia, pelo menos o seu fundador, o velho Beucomb.

— É meu pai!

— Bem, então peço-lhe desculpa por me haver referido a ele com tão pouco respeito, pois não o conheço pessoalmente. Depois de haver grandemente enriquecido com a Companhia retirou-se para Londres, não?

— Sim. Nossa casa, ou antes, a dele, fica em South Kensington, onde residimos há três anos. Mas neste verão alugamos aqui o castelo de Silvânia, cujo proprietário se encontra ausente e no-lo cedeu por alguns meses.

— Quer dizer que eu estava bem perto da senhorita, pois a casa de meu pai, ainda que modestíssima em comparação com a sua, não fica longe do castelo.

— Modestíssima! Mas se o senhor Pierston quisesse bem que podia morar num verdadeiro palácio.

— Acha, é? Quanto a mim, não sei, pois o velho não conversa comigo quase nada acerca de seus negócios.

— Pois comigo não é assim, respondeu ela ex-abrupto, meu pai está a toda hora me repreendendo por causa de minha prodigalidade. E hoje então mostrou-se mais severo que das outras vezes. Diz que na cidade ando tanto pelas lojas que acabo gastando o dobro da mesada que me dá.

— Esta tarde?

— Sim, esta tarde. E a discussão tornou-se tão violenta que eu, a pretexto de retirar-me para meu quarto, fugi. Fugi e pretendo não voltar nunca mais para casa!

— Que vai fazer então?

— Bem, irei procurar minha tia, que mora em Londres, e se ela quiser hospedar-me, tratarei de ganhar a vida por mim mesma. Está decidido, abandonei para sempre meu pai! Nem sei que seria de mim se não o houvesse encontrado... Sem dúvida seria obrigada a ir a pé até Londres. Agora poderei tomar o trem.

— Mas com esta tempestade?

— Esperarei aqui até que passe.

E sentaram-se em cima da rede. Pierston não ignorava que o velho Beucomb era o mais terrível inimigo de seu pai e que havia conseguido juntar uma grande fortuna devorando sem escrúpulos os modestos exploradores de pedra, ainda que no velho Jocelyn houvesse encontrado um osso duro de roer; este, à força de lutar, tornara-se um sério rival da Best-Bed Company. Jocelyn não pôde deixar de sorrir ao ver que o acaso o levava a representar o papel de filho dos Montecchios contra os Capuletos.

Instintivamente, conversavam em voz baixa: mas, para dominar o ruído da tempestade, eram forçados a se aproximar um do outro. Ora, ao fim de um pedaço de tempo que para eles passou despercebido, já conversavam não sem uma certa intimidade e ternura. Quando deram conta disto, levantaram-se alarmados.

— Chova ou não, é preciso que eu me vá! exclamou ela.

— Voltemos para a aldeia, sugeriu ele, segurando-lhe a mão. Eu a acompanharei. O trem está mesmo perdido...

— Não; quero seguir para a frente. Passarei o resto da noite em Budmouth, se chegar lá.

— É tão tarde já, todos os hotéis devem estar fechados, a não ser a pequena hospedaria junto à estação onde não convém que pernoite. Mas se está mesmo disposta, eu a acompanharei. Não a posso abandonar assim, nem deve ir sozinha.

Como ela continuasse firme em sua resolução, puseram-se ambos a caminho sob o vigor da fragorosa tempestade. À esquerda o revolto mar lançava as suas violentas ondas tão perto deles, que era como se atravessassem o seu próprio leito, tal como outrora os filhos de Israel. Nada, a não ser a frágil amurada de pedra, os separava da enfurecida enseada; e a cada arremesso das ondas estremecia a sua base, entrechocando os seixos, e a espuma, verticalmente levantada, lhes salpicava os rostos. Grande quantidade de água salgada escorria por entre as pedras e formando riachos através do caminho corriam para o outro lado do mar. Apesar de tudo, a "Ilha" conservava-se ilha.

Até então não se haviam dado conta da fúria dos elementos. Com freqüência o ímpeto do vento atirava por ali o mar e afogavam-se alguns passantes, devido a certas brechas que se abriam na parede, que, no entanto, tinham alguma coisa de sobrenatural por serem capazes de fechar-se depois de tal rompimento, como o corpo de Satã quando cortado ao meio pela espada de S. Miguel,

*"A etérea substância se uniu,
pois já não era divisível".*

Os vestidos da senhorita Beucomb ofereciam maior superfície ao vento que os de Pierston, o que a punha em mais grave perigo, de modo que não lhe foi possível recusar a ajuda que ele oferecia. Começou dando-lhe o braço, porém o vento os separou tão facilmente como um par de cerejas. Para segurá-la bem, Pierston enlaçou-a pela cintura com firmeza, ao que ela não opôs a menor resistência.

Foi então — ainda que pudesse ter sido um pouco antes ou, ao contrário, muito depois — que Pierston teve consciência de uma sensação que o havia aos poucos possuído sem dar conta disso, enquanto estava ao lado de sua nova amiga, no abrigo da embarcação. Ainda que jovem, possuía já bastante experiência para bem compreender este sentimento e não ficar perturbado nem tampouco nervoso. Aquilo significava uma possível transmigração da Bem-Amada. É verdade que o fenômeno não se havia de todo ainda realizado, contudo não demoraria muito; e, unido a ela, considerava como a moça era doce e quente no seu casaco de peles. Os únicos lugares secos de suas respectivas roupas eram o lado esquerdo dela e o direito dele, salvos da chuva devido a seu mútuo contacto.

Depois de atravessarem a ponte, conseguiram resguardar-se um pouco mais do aguaceiro; mas ele não deixou de enlaçá-la até que ela própria pediu. Passaram pelas ruínas do castelo, e tendo deixado já muito atrás a ilha, caminharam vários quilômetros até alcançar as primeiras casas da povoação costeira mais próxima, que atravessaram sem se deter, chegando afinal a Budmouth cerca de meia-noite.

Pierston sentia piedade de sua companheira e, ainda que estranhasse a sua resolução, não podia deixar de admirá-la. As casas ao longo do caminho, em frente à baía, defendiam-nos agora e foi quase sem dificuldade que chegaram às imediações da última estação da nova linha férrea. Conforme Pierston havia previsto não encontraram aí aberta senão uma pequena hospedaria, onde os moradores do lugar esperavam a chegada do correio pela manhã ou os viajantes vindos do Canal da Mancha. Para entrar bastava tão-somente torcer a maçaneta da porta, e encontravam-se em uma pequena sala, à luz mortiça de um único bico de gás, no corredor.

Foi então que Pierston pôde notar que ela, apesar de quase tão alta quanto ele e da sua vigorosa figura, encontrava-se apenas na flor de sua jovem feminilidade: Seu rosto era em verdade admirável, ainda que mais por sua orgulhosa expressão que propriamente pela beleza, e os golpes do vento, da chuva e da espuma haviam dado a suas faces uns leves toques matizados de peônia.

Continuou ela inflexível em seu propósito da manhã, tendo ele lembrado-lhe então certos pequenos detalhes sobre o que era preciso providenciar:

— Nesse caso, deve recolher-se a seu quarto e mandar trazer suas roupas para enxugá-las ao fogo, do contrário não estarão secas para vesti-las a tempo. Vou falar com a criada para que as enxugue e ela lhe levará qualquer coisa para comer.

Ela concordou, ainda que sem demonstrar grande satisfação; Pierston, depois de se haver ela recolhido ao quarto, mandou-lhe um pequeno lanche pela sonolenta moça que servia de "porteira noturna" no estabelecimento. E como ele próprio sentia vontade de comer, pôs a secar as suas roupas, jantando em seguida.

Que devia fazer? perguntava-se ele de início; mas decidiu imediatamente ficar ali até o amanhecer. Com cobertores e um velho par de chinelos que encontrou no guarda-roupa, estava prestes a deitar-se, quando a criada apareceu com uma braçada de roupas de mulher.

Afastou-se Pierston da lareira, enquanto a criada, ajoelhada, estendeu diante do fogo um dos vestidos da Juno que aquela hora dormia no quarto; uma nuvem de vapor começou a desprender-se da peça. Mas como a criada começasse a cabecear, disse-lhe Pierston:

— Você está morta de sono, pequena.

— Realmente, senhor; é que faz muitas horas que estou acordada. Quando não aparece ninguém, costumo dormir na cama aí no cubículo ao lado.

— Pois bem, eu farei para você esse trabalho. Vá dormir como se não estivéssemos aqui, ouviu? Eu mesmo enxugarei as peças e as arrumarei para você levá-las pela manhã à senhorita.

A "porteira noturna" agradeceu-lhe, deixou a sala e pouco depois Pierston ouviu-a ressonar no cubículo contíguo. Foi então que Pierston atirou-se ao trabalho, examinando as peças e estendendo-as uma a uma. Enfim, dissipados os vapores, deixouse ficar, pensativo. Tornava a sentir a mudança observada em caminho. A *Bem-Amada* acabava de trocar de morada e encarnarase na portadora daquelas vestes.

Alguns minutos fora o suficiente para adorá-la. Mas, e a jovem Avícia Caro? Já não pensava nela como antes. Não tinha a certeza, no fundo, de haver encontrado a verdadeira Amada naquela amiga de infância, por mais que se interessasse pela felicidade dela. Mas, quer a amasse quer não, passou a ver que o espírito, a essência ou o ideal que se chamava o seu Amor, transportava-se esquivamente de uma longínqua presença àquela que tinha mais perto, no quarto da hospedaria.

Avícia, receosa de suas próprias fantasias, não havia cumprido a promessa de ir encontrar-se com ele nas solitárias ruínas. Mas, na realidade, ele havia sido educado com mais independência que ela da ingênua inocência ilhoa, perpetuadora dos velhos costumes — e isto era o estranho resultado do erro de Avícia.

CAPÍTULO VI

À BEIRA DO ABISMO

A senhorita Beucomb acabava de deixar a hospedaria para tomar o trem, que já chegava até ali, pois havia sido inaugurado recentemente, como se fora de propósito para aquele acontecimento. Por sugestão de Jocelyn expediu um telegrama avisando a seu pai que embarcara para a casa da tia, o que serviria para tranqüilizá-lo e evitar a sua perseguição. Seguiram juntos para a pequena estação, tendo-se despedido antes de comprar cada qual a sua passagem. Jocelyn foi buscar sua bagagem.

Pouco depois, tornaram-se a encontrar na pequena gare, e seus olhos brilharam com tal expressão ao encarar-se como se dissessem num estilo telegráfico: "Se embarcamos para a mesma cidade, por que não viajarmos no mesmo carro?"

E assim fizeram. Ela sentou-se em um lugar na janela, de costas para a máquina. Ele colocou-se em frente. O condutor inspecionou o carro, e julgando tratar-se de noivos, não pôs outros viajantes com eles.

Falaram de assuntos absolutamente banais, sem que ele conseguisse penetrar o pensamento dela; mas a cada parada ele fazia nova investida. Antes de chegar em meio da viagem para Londres era já certo o êxito. A Amada tomava nova forma e desenhava perfeitamente cada linha do corpo desta mulher. Aproximar-se da estação central de Londres era como aproximar-se do Dia do Juízo. Como abandoná-la no tumulto das ruas de uma populosa cidade? Ela parecia estar completamente desprevenida para resistir. Então ele quis saber o endereço de sua tia.

— Bayswater, esclareceu-lhe a senhorita Beucomb.

Pierston chamou um carro de praça, e ofereceu-se para acompanhá-la, pois o trajeto que ele devia tomar era o mesmo. Por mais que se esforçasse, não conseguia ficar sabendo ao certo se ela compreendia seus sentimentos; mas a moça aceitou o convite e entrou no carro.

A caminho Pierston falou-lhe:

— Somos velhos amigos, não é?

Ela encarou-o sem sorrir:

— Sim, velhos amigos.

— Mas, hereditariamente, somos mortais inimigos, querida Julieta.

— Sim... mas como foi que falou?

— Disse: querida Julieta.

Ela pôs-se a rir de um modo muito orgulhoso, e murmurou:

— Seu pai é inimigo de meu pai, mas meu pai é inimigo meu...

E aqui seus olhos procuraram os de Pierston, que exclamou em seguida:

— Minha rainha querida, em lugar de ir para casa de sua tia, quer vir e casar-se comigo?

Ela tornou-se vermelha como uma pessoa dominada pelo ódio. Não era exatamente isto, entretanto revelava excitação. Não deu resposta, e ele teve receio de haver comprometido sua dignidade. Quem sabe se não se havia utilizado dele apenas como um instrumento de suas intenções? Contudo, continuou:

— Porque assim seu pai não terá o direito de reclamá-la. Afinal nem a coisa é tão precipitada como pode parecer à primeira vista. A senhorita está a par de tudo que me diz respeito: meu passado, minhas esperanças. Quanto a mim, sei tudo que lhe diz respeito. Nossas famílias têm sido vizinhas na ilha durante séculos, ainda que atualmente, a senhorita seja uma londrina.

— Chegará o senhor a ser algum dia membro da Real Academia de Belas-Artes? perguntou ela, pensativa e mais serenada.

— Espero sê-o e hei de consegui-lo se quiser tornar-se minha esposa.

A senhorita Beucomb fixou-o durante alguns minutos.

Pierston continuou:

— Considere-se a facilidade com que resolveria sua atual situação. Não importunaria sua tia nem voltaria para casa de um pai irritado.

Isto pareceu decidi-la, e cedeu a seu abraço.

— Quanto tempo levaremos para nos casar? perguntou em seguida a senhorita Beucomb, num visível domínio de si mesma.

— Poderíamos fazê-lo amanhã mesmo. Hoje à tarde poderia ir ao Cartório, e a licença estaria pronta amanhã cedo.

— Está combinado. Não irei para casa de minha tia. Agora sou sua mulher independente! Estou cansada de ser tratada como uma criança. Serei sua esposa, se de fato é tão fácil como diz.

Durante esta conversa, eles haviam mandado o carro parar; Pierston tinha um bom atelier nos arredores de Campden Hill, mas não achou conveniente levá-la para lá enquanto não se tivessem casado. Resolveram hospedar-se num pequeno hotel. Mudando então de caminho, voltaram até Strand e não tardaram a alojar-se numa tradicional hospedagem de *Covent Garden*, lugar freqüentado então pelos camponeses do Oeste. Jocelyn deixou-a para tratar de certos negócios de interesse imediato.

Seriam umas três horas da tarde quando, acertados estes primeiros passos, ele saiu a passear pelas ruas, pois sentia-se perturbado e andar decerto lhe faria bem. Detendo-se a olhar de quando em quando as vitrinas das lojas, lembrou-se de súbito de meter-se em um carro de praça dirigindo-se para *Mellstock Gardens*. Apeando ali, bateu à porta de um atelier de pintura, sendo em poucos minutos atendido por um rapaz de sua idade, em mangas de camisa, com uma palheta de tintas na mão esquerda.

— Oh! É você, Pierston? E eu que o julgava no campo! Que satisfação! Aqui estou, terminando um quadro para um americano que quer levá-lo hoje mesmo.

Pierston acompanhou o amigo ao estúdio, onde uma linda moça costurava sentada; a um gesto do pintor levantou-se em silêncio.

— Leio em seu rosto que você tem alguma coisa a me dizer; estamos a sós agora. Fale. Está abatido por algum motivo íntimo? Que quer beber?

— Contanto que seja álcool, tanto importa uma coisa ou outra... Agora, Somers, escute-me, pois tenho muita coisa a dizer-lhe.

Pierston sentara-se num pequeno banco, e Somers retomou o trabalho. A criada trouxe aguardente para acalmar os nervos de Pierston, e soda para neutralizar os efeitos da aguardente, e leite para compensar os debilitantes resultados da soda; e foi então que Jocelyn começou a falar, dirigindo-se mais à gótica lareira de Somers, ao seu gótico relógio, aos seus góticos tapetes, do que ao próprio Somers, que se colocara diante do cavalete, um pouco atrás do amigo.

— Antes de contar a você o que me aconteceu hoje, quero que saiba que espécie de homem sou eu.

— Meu Deus! Bem o sei!

— Não, não sabe. É, uma coisa que ninguém consegue explicá-lo. Eu próprio entro pelas noites adentro pensando nisso inutilmente.

— Não, exclamou Somers com viva simpatia, querendo consolar o amigo.

— Encontro-me sob uma estranha e sinistra influência. Sinto-me confundido, intrigado e perplexo pela sugestão de uma criatura, ou antes, de uma divindade, de uma Afrodite, como a definiria um poeta, e como eu a esculpiria em mármore!... Mas, eis que me esqueço: isto não deve ser uma súplica lamentosa, porém uma defesa, uma espécie de *Apologia pro vita mea.*

— Pois bem, antes assim. Fale, que sou todo ouvidos!

CAPÍTULO VII

SUAS PRIMEIRAS ENCARNAÇÕES

— Compreendo, meu caro Somers que você não é desses que insistem em alimentar a universal e vã superstição de que a Bem-Amada de um homem não permanece num mesmo envoltório material, por muito tempo, ainda que o homem deseje a todo o transe que permaneça. Se me engano, e você pensa o contrário, então minha história será ridícula a seus olhos.

— Mas quero crer, Jocelyn, que você se refere a um certo número de homens, e não a todos, não é assim?

— Exatamente. E se você particulariza, direi mais: refiro-me apenas a um homem — a mim. Ouça-me. Somos em minha terra uma singular raça de visionários e isto talvez influa bastante no relato. É assim que, a Amada deste estranho homem tem passado por muitas encarnações, que não detalharei aqui para não alongar a conversa indefinidamente. Cada forma ou personificação tem sido até hoje apenas uma residência ou morada temporária, onde se instalou, viveu algum tempo e dela saiu deixando tão-somente, que desgraça, um cadáver. Muito bem; cumpre entretanto observar que não há nisto absolutamente nada dessas histórias ridículas dos espíritas, senão a realidade de um fato, apenas expresso de um modo que escandaliza as pessoas convencionais. E para começar, é suficiente.

— Pois bem, continue.

— Ora, a primeira personificação da Bem-Amada deu-se, até onde alcança minha memória, quando andava pelos nove anos. Era seu objeto uma menina de seus oito anos pertencente a uma família de onze irmãos. Tinha os olhos azuis e usava sobre os ombros uma crespa cabeleira, que ela procurava esticar, mas que apenas conseguia fazer cair ignominiosamente como gravetos secos. Este defeito costumava incomodar-me muito e creio que constituiu um dos principais motivos do abandono por parte de minha Amada daquela morada. Não lembro com exatidão quando se afastou; contudo recordo que foi depois de beijar certa vez minha amiguinha no banco de um jardim, numa tarde de verão, cobertos por um guarda-sol azul que abríramos ao nos sentar, esquecendo que nosso guarda-sol devia chamar muito mais a atenção que nossas pequenas personalidades.

Quando terminou o sonho, por ter seu pai mudado da ilha, julguei que houvesse perdido para sempre a minha Bem-Amada, — deixando-me ficar então na lograda situação de Adão ao ver o sol se pôr pela primeira vez. Entretanto, enganara-me. Laura havia ido para sempre, mas não minha Amada.

Durante alguns meses depois de chorar por sua edição de crespa cabeleira, não reapareceu meu Amor; mas, pouco depois, revelou-se súbita e inesperadamente em circunstâncias que jamais imaginaria. Encontrava-me com alguns companheiros em Budmouth Regis, em frente à Escola Preparatória, contemplando distraído o mar, quando pela rua passaram um senhor de meia-idade com uma mocinha, ambos a cavalo. A moça voltou a cabeça e talvez porque eu a olhasse com insistência ou porque lhe sorrisse, ela sorriu para mim. Poucos passos além voltou outra vez a cabeça e sorriu de novo para mim.

Isto foi o bastante para inflamar minha perturbação: A Bem-Amada reaparecia. Esta segunda personificação, era uma bela moça de seus vinte anos, mais morena que a primeira. Seus cabelos, que também usava soltos, eram castanhos, iguais aos olhos, creio eu; mas na precipitação não cheguei a reparar em suas feições. No entanto ali estava reencarnada minha eleita; despedindo-me então de meus companheiros, sem despertar suspeitas, encaminhei-me depressa pela Esplanada na direção que ela e o pai haviam tomado. Porém, como tivessem posto os cavalos a meio galope, não pude vê-los mais.

Desesperado, meti-me ao acaso por uma rua lateral, e logo meu desconsolo se transformou em perturbação, ao ver de novo o mesmo par de cavaleiros que vinha galopando na minha direção. Corando até a ponta dos cabelos, parei, e encarei-a de frente ao passar. De novo sorriu; — ai de mim! — nos olhos de meu Amor nenhum indício de paixão brilhou para minha alegria.

Pierston interrompeu a narrativa, tomando do cálice. É que revivia a cena que acabava de evocar. Somers guardou para si qualquer comentário, e Jocelyn continuou:

— Vaguei o resto daquele dia todo pelas ruas a sua procura, mas foi em vão. A primeira vez que tornei a me encontrar com um dos companheiros dos que haviam estado comigo quando a vi, relembrei, sem dar grande importância ao fato, e indaguei se acaso conhecia os cavaleiros.

— Muito! respondeu-me ele. Muito. Era o coronel Targe e a sua filha Elsie.

— Quantos anos você acha que ela pode ter? prosseguiu, perturbado pela possível diferença de idade.

— Uns dezenove, ou pouco mais. Vai casar depois de amanhã com o capitão Popp do 501, e embarcarão depois para a Índia para onde foi designado o capitão.

Tão forte foi a tristeza que esta notícia me causou, que ao anoitecer me dirigi para os lados do cais do porto com a firme resolução de suicidar-me; mas, como havia em tempos ouvido dizer que naquele local os caranguejos se agarram ao rosto dos cadáveres, devorando-os lentamente, a idéia de tão desagradável epílogo me afastou do propósito. Curioso é que o casamento de minha Amada me preocupava muito pouco; o que me despedaçava o coração era a sua partida. Nunca mais tornei a vê-la.

Ainda que por experiência eu bem soubesse que a ausência da matéria física implicava a ausência do espírito vivificante, custava-me entretanto aceitar que ela me aparecesse com forma que não a que assumira ultimamente.

Enganava-me; pois apareceu.

E isto deu-se muito tempo depois, durante o qual atravessei a idade crítica do pavão, dos treze aos vinte anos, fase em que os rapazes costumavam desfazer nas moças. Andava então pelos meus dezessete anos; estava uma tarde numa pastelaria de Budmouth, quando vi entrar uma senhora com uma menina. Sentaram-se; encaramo-nos os três alguns minutos, até que a menina disse alguma coisa sem importância. Aproveitei-me para falar:

— Como é bonita esta menina!

A senhora sorriu, sem dizer nada.

— Tem os mesmos belos olhos da mãe, insisti.

— O senhor acha bonitos os olhos dela? Voltou-se a senhora, como se houvesse escutado apenas o fim da frase.

— Sim... para pintá-los, afirmei encarando a senhora.

Depois disto, estabeleceu-se uma conversa amistosa. Disse-me que o marido havia partido em viagem num iate, ao que observei que era esquisito não o tivesse ela acompanhado para mudar de ambiente. Pouco a pouco, revelou-me então ser uma jovem esposa abandonada, e algum tempo depois encontrei-a sozinha na rua. Ia ao cais receber o marido. Como não soubesse o caminho, ofereci-me para acompanhá-la e ela aceitou.

Mas não entrarei em detalhes; em resumo, basta que saiba que tornei a encontrá-la muitas vezes e não demorei em descobrir nela a Bem-Amada. O que não lograva compreender era porque havia escolhido para fazer-me sofrer aquela atormentadora forma inacessível de uma matrona, quando havia tantas outras. Mas a aventura acabou muito honestamente: pouco depois foi com o marido e a filha para outra cidade. Parece que ela havia considerado meu interesse como um simples "flerte", ainda que, ai de mim!, aquilo fora tudo menos um simples passa-tempo...

Afinal, para que aborrecer você com a continuação deste absurdo relato? Depois disto, a Bem-Amada revelou-se mais ou menos freqüentemente, e não me seria possível entrar nos pormenores de todas essas encarnações. No curso de três anos consecutivos apareceu nada menos de nove vezes. Quatro vezes disfarçou-se de morena, duas de loura, e três de nem morena, nem loura. Certas ocasiões era uma moça alta e bonita; porém mais freqüentemente se escondia na pele de uma airosa e fina moça de estatura regular. Fui me habituando a estas contínuas entradas e saídas, resignando-me passivamente a elas, e falando-lhe, abraçando-a, e sofrendo por ela a cada forma que assumia. E eis como se passaram as coisas até um mês atrás. Foi então que pela primeira vez entrei em dúvida. Havia ou não se encarnado na pessoa de Avícia Caro, uma mocinha de quem era conhecido desde a infância? Em duas palavras, decidi que no final de contas a Bem-Amada não havia escolhido morada em Avícia Caro, pois de minha parte sentia ainda um grande respeito por ela.

A esta altura, Pierston contou resumidamente a história de sua amizade com Avícia até o compromisso que com ela havia assumido, e como depois acabara rompendo de um modo inesperado, e o encontro com a senhorita Beucomb, Márcia Beucomb; na qual, a seu ver, a Bem-Amada havia por último encarnado. Disse-lhe ainda como resolvera livremente casar-se com ela sem mais delongas, e em seguida pediu a Somers para que francamente lhe dissesse se, em tais circunstâncias, devia ou não casar-se com ela ou com outra qualquer.

— É claro que não, respondeu Somers; e se com outra você se devesse casar, seria com Avícia Caro. Aliás, nem com ela. Você, meu caro, é afinal como os outros homens... ou por outra, um pouco pior. No fundo, todos os homens são volúveis como você, apenas você dispõe de mais aguda percepção, disse.

— Não é bem assim, pois volúvel não é aqui a palavra. Volubilidade quer dizer cansar-se de uma coisa enquanto essa coisa permanece a mesma. Quanto a mim, sempre fui fiel a essa ilusória criatura que, pelo menos de minha parte, não consegui nunca reter. E, deixe-me dizê-lo, essa mudança constante de individualidade em individualidade, não foi jamais uma fonte de prazer para mim, nem tampouco um jogo sensual que eu próprio alimentasse. Ver que uma criatura, julgada por nós perfeita até aquele momento, perde a nossos olhos a sua divindade e se torna vulgar, transformando-se em cinza a brilhante chama, em frio cadáver a quente vitalidade, força é reconhecer que não é agradável para homem algum e, para mim, um doloroso espetáculo. Cada forma que ela abandona é como um ninho outrora habitado por um belo pássaro e onde hoje se vê apenas neve. Como eu sofro profundamente ao contemplar uma bela face onde Ela já morou!

— Você não devia se casar, observou Somers.

— Talvez não. Mas como creio que a pobre Márcia ficaria comprometida se... Não tenho motivos para sentir-me verdadeiramente amaldiçoado? Felizmente até hoje ninguém a não ser eu próprio tem sofrido por isso até agora. Sabendo o que me é reservado, muito poucas vezes ousei travar relações íntimas com mulheres, receoso de expulsar logo a adorada personalidade de sua última encarnação — o que no fim de contas acabava invariavelmente acontecendo.

Não demorou Pierston em despedir-se. Como em assuntos desta natureza de pouco ou nada valem conselhos de amigos, apressou-se em voltar para junto de Márcia.

Entretanto, esta já não era a mesma. A ansiedade a havia deprimido bastante, e a orgulhosa expressão de seus lábios desaparecera.

— Quanto tempo você esteve fora! Disse ela com impaciência.

— Não tem importância, querida. Imagine que tudo está pronto e agora nos poderemos casar dentro de poucos dias.

— E por que não amanhã?

— Amanhã não é possível. Não temos tempo de residência em Londres.

— Não temos? Mas como o souberam no Cartório?

— É, que... É que não me lembrei a tempo e disse que acabávamos de chegar.

— Oh, mas que estupidez! Bem, agora não há remédio, é deixar como está. Contudo, querido, acho que em seu lugar eu me teria conduzido com muito mais prática.

CAPÍTULO VIII

"DEMASIADO PARECIDO AO RELÂMPAGO"

Durante alguns dias ainda deixaram-se ficar na hospedaria, observados pela curiosidade das arrumadeiras e importunados a todo o momento pelos criados. Ao saírem a passeio pelas ruas afastadas, receosos de que os conhecessem, Márcia costumava caminhar calada, com evidentes demonstrações de tristeza e abatimento.

— Você está tão silenciosa! falou ele, afetando alegria numa dessas ocasiões.

— Estou aborrecida com o resultado de suas declarações no Cartório; talvez tão cedo não obtenhamos a necessária permissão. Você compreende que não fica muito bem para mim esta situação.

— Mas se vamos nos casar?

— Sim, respondeu ela, perdendo-se de novo em seus pensamentos. — E que depressa o resolvemos! continuou dali, a pouco. — Gostaria de pedir consentimento a meu pai. Como não nos casaremos senão daqui a alguns dias; não acha você que há tempo de escrever-lhe uma carta e receber resposta? Estou pensando em fazer isso.

Pierston falou-lhe francamente de suas dúvidas quanto à oportunidade desta medida; isto fê-la agarrar-se ainda mais à sua resolução, e houve um mal-entendido entre ambos.

— Bem, já que nosso casamento vai mesmo demorar, quero antes entender-me com meu pai, disse ela não sem uma ponta de ódio.

— Está certo, querida, escreva! fez ele.

De volta à hospedaria, Márcia pôs-se a escrever a carta; mas dentro de minutos atirava para um lado a caneta:

— Não, não posso escrever. Meu orgulho não consente humilhar-me assim. Quer você escrever para mim Jocelyn?

— Eu? Não compreendo porque hei-de ser eu, que há pouco discordava de que você escrevesse.

— Mas você não discutiu com meu pai, como eu.

— Sim; não discuti. Mas você não ignora que entre nossas famílias existe um velho antagonismo, e pareceria uma atitude estranha fazê-lo. Espere que nos casemos que então escreverei, e com prazer. Enquanto isto, não.

— Não faz mal, escreverei eu. Você não conhece meu pai. Decerto me perdoaria o casamento sem sua permissão com qualquer família, mas ele tem em tão mal conceito a sua, que nem na hora da morte me perdoaria ter-me ligado secretamente a um Pierston. E não haver eu pensado em tal coisa de início!

Esta observação feriu intimamente Pierston. Apesar de sua situação de independência em Londres, estava ligado a seu velho e sensível pai, que durante longos anos havia lutado firmemente contra o forte concorrente comercial, o velho Beucomb, e com seu dinheiro o havia educado e sustentado como aluno das melhores escolas. Então pediu a Márcia que não dissesse mais nada a respeito de sua família; ela acabou em silêncio, dando o endereço de posta-restante a fim de que não descobrissem, pelo menos imediatamente, o seu paradeiro.

Nenhuma resposta chegou; apenas, mau sinal, algumas cartas enviadas para a casa do pai, para Márcia, durante sua ausência, foram remetidas para o endereço que ela dera. Abriu-as logo, exclamando ao fim da leitura:

— Que engraçado!

— Que é? perguntou Pierston.

Márcia pôs-se a ler uma das cartas em voz alta. Era de um antigo e fiel admirador, um rapaz de Jersey, que lhe anunciava a sua própria chegada à Inglaterra com a intenção de pedir de sua amada o cumprimento da empenhada palavra.

— Que fazer? disse Marcia, entre risonha e pensativa.

— Que fazer? Mas, querida, parece-me que só resta uma coisa, não? E é comunicar-lhe que você está em vésperas de casar-se!

Pôs-se então Márcia a escrever uma resposta nesse sentido, ajudando-a Pierston a fazer as frases o mais delicadamente possível.

Terminava assim a carta:

"Repito-lhe que o havia esquecido por completo. Sinto muito, porém é a pura verdade. Confessei tudo isto a meu noivo, o qual está lendo estas frases por cima de meu ombro".

— Escute, Márcia, achava conveniente suprimir esta última frase; contém um golpe afinal duro para o coração do pobre rapaz observou Jocelyn ao ver o que estava escrito.

— Golpe? Jocelyn. Para que vem ele importunar-me? Jocelyn, acho que você devia até ficar orgulhoso de que eu falasse desta maneira a seu respeito em minha carta. Quando hoje lhe disse que podia ter-me casado com aquele cientista, você me chamou de fútil. Mas bem vê agora que eu esquecia também um outro.

Pierston respondeu de mau-humor:

— Está bem, não quero ouvir mais falar sobre isso.

São assuntos que me desagradam, ainda que você os diga sem outra intenção.

— Oh, pois eu sou muito menos culpada que você! fez ela aborrecida.

— Que quer dizer com isso?

— Apenas isto: que eu só me tenho revelado infiel esquecendo, ao passo que você o é recordando.

— Oh, sim! Bem sei que você pode atirar-me com o nome de Avícia. Mas, peço-lhe, não use dessa arma, pois bem pode acontecer de eu arrepender-me de minha infidelidade.

Márcia mordeu os lábios, seu rosto tornou-se vermelho.

Na manhã seguinte chegou a resposta da carta em que havia pedido aos pais consentimento para casar-se com Jocelyn; mas, para surpresa de Márcia, seu pai seguia linha de conduta absolutamente diferente da esperada por ela. Estivesse comprometida ou não, ele não aprovava seu casamento com Pierston. Recusava seu consentimento e não diria mais palavra até que tornasse a vê-la; se ela tinha um pouco ainda de juízo e se não estivesse casada, que voltasse para casa, da qual um sedutor a havia tirado. Veria então o que poderia fazer a seu favor nas circunstâncias difíceis que ela própria se colocara. Do contrário, nem queria mais ouvir pronunciar seu nome.

Aqui Pierston não pôde esconder uma ponta de ironia ao ver o desprezo que o pai de Márcia demonstrava por ele e pelos de sua família. Ofendida, Márcia respondeu:

— Se há alguma merecedora dessas ironias, sou eu! começo a compreender a loucura que fiz fugindo de casa de meus pais por uma tão tola razão, uma discussãozinha por causa de minha mesada.

— Não foi por eu não a haver aconselhado que voltasse, Márcia.

— Realmente, porém não de todo sinceramente. E você referiu-se a meu pai como a um vulgar comerciante.

— Nem podia referir-me de outro modo, creio, sabendo que...

— Continue, vamos.

— Nada, Márcia, nada a não ser o que é bem público. Toda a gente sabe que houve um tempo em que o único empenho do Senhor Beucomb foi levar meu pai à falência; e o tom com que a ele se refere nesta carta bem dá a entender o rancor que dele guarda.

— Esse velho tacanho arruinado por um homem tão generoso como meu pai! Fez Márcia com violência. Isso não passa de uma baixa calúnia dos seus, ouviu?

Os olhos de Márcia faiscavam; havia uma expressão de cólera em seu rosto; contudo esta animação que podia ter embelezado sua fisionomia, foi prejudicada pela fria dureza de sua atitude.

— Márcia... você tem um gênio terrível! Eu posso provar o que afirmo, não só eu, mas muitas pessoas. Seu pai devorava todas as pedreiras da ilha, só meu pai ousou fazer-lhe frente com desesperada coragem. São fatos conhecidos! As relações de nossos pais são uma dolorosa realidade na situação em que nos encontramos, e o pior é que somente agora começamos a dar conta disto... Como resolver tão intricada questão?

— De minha parte não creio possível, observou Márcia com firmeza.

— Talvez! Talvez! murmurou Pierston, admirando a imagem do desprezo que lhe oferecia no momento a fisionomia e os negros olhos da sua clássica Juno.

— Se ao menos você me pedisse perdão pela ofensa que me fez!

Pierston não podia de forma alguma reconhecer que se havia conduzido mal para com a sua, excessivamente orgulhosa, amiga — não lhe pediu perdão.

Márcia deixou o aposento; dali a instantes, porém, estava de volta:

— Há pouco mostrei-me irritada, como observou você. Mas tudo tem sua causa, e talvez haja você cometido um erro, abandonando Avícia Caro por minha causa. Em vez de casar-se com Rosalina, Romeu precisava fugir com Julieta... Felizes aqueles amantes de Veroma ao morrerem tão cedo! Pois ao fim de algum tempo a inimizade de suas famílias teria acabado numa fonte de perpétua discórdia entre ambos: Julieta teria tomado o partido dos seus, Romeu o dos dele... E teriam de acabar se separando como acontece conosco.

Pierston esboçou um breve sorriso, porém Márcia mostrou-se gravemente séria; e foi assim que ele a encontrou à hora do chá, declarando que uma vez que ele se recusava a pedir-lhe perdão, ela havia decidido, após longa meditação, retirar-se para a casa de sua tia... até que o pai lhe desse permissão para se casarem.

Ao ouvir esta resolução de Márcia, Pierston estremeceu, admirado de sua independência de caráter, sobretudo numa circunstância em que as mulheres não revelam nenhuma.

Ele não opôs o menor obstáculo a isto, e, depois de um beijo muito frio em comparação com o seu recente ardor, este Romeu dos Montecchios-comerciantes-em-pedra deixou o hotel a fim de não parecer que aprovava a partida da sua Julieta para a casa rival. Quando mais tarde voltou, já ela havia saído.

Estabeleceu-se uma correspondência ente estes dois seres tão precipitadamente ligados um ao outro: discutiram gravemente sobre a difícil situação em que os colocava a incompatibilidade das famílias. Acabaram reconhecendo que seu recente amor era:

> Demasiado ex-abrupto,
> demasiado irrefletido, demasiado súbito,
> demasiado parecido ao relâmpago...

E o reconheceram com tanta calma, frieza e, força é dizê-lo, com tanta prudência, que isto nada prometia de bom para uma futura reconciliação.

Encerraram-se enfim estas discussões com uma carta que Márcia dirigiu a Jocelyn, exatamente da casa paterna. Informava-o de que o pai, aparecendo de repente em casa da sua tia, havia-a convencido de que voltasse com ele. Ela contara-lhe então todas as circunstâncias de sua fuga, explicando-lhe que a havia provocado pequenas razões sem importância. Que, afinal, seu pai a convencera de uma coisa de que ela própria se encontrava convencida, devido ao rompimento de suas relações amorosas: isto é, que ao menos no momento era forçoso pôr de lado a idéia de casamento, e que dificuldades e mesmo um escândalo tinham menos importância que uma união sem amor, que faria deles miseráveis vítimas de uma situação que nunca mais poderiam alterar.

Pierston compreendeu sem dificuldade que era isto obra exclusiva do pai de Márcia, ilhéu estreito, com todos os pequenos preconceitos comuns a respeito da mulher e da vida. O comerciante em pedra não insistiu imediatamente no acostumado remédio para a brusca maneira de agir da filha, preferiu interromper as relações.

Apesar destas cartas, o rapaz ainda continuou esperando que Márcia voltasse, depois que sua cólera diminuísse e tivesse adquirido perfeita consciência de sua real situação. Com exceção da hostilidade do pai, ninguém se opunha ao casamento. Por nascimento, eram ambos iguais, e ainda que a família de Márcia fosse de nível social superior, porque mais rica, (o que poderia parecer que as maiores vantagens seriam para ele), Pierston por seu lado tinha diante de si uma brilhante carreira de artista e um futuro de glória. Assim, ainda que desiludido, tomou a resolução de, como questão de honra, não mudar de residência enquanto houvesse a mais ligeira probabilidade de ver reaparecer Márcia ou de receber alguma carta comunicando-lhe que se fosse juntar a ela, para afinal se casarem. Contudo, às noites ele imaginava ouvir vozes e risos irônicos no vento, como que zombando de seu romance. Longos e tristes dias foram passando; durante eles, imaginava a lúgubre partida da sua Bem-Amada, da personalidade que por último havia assumido até se desvanecer, Pierston não sabia o momento exato da partida; mas não tardou que em sua memória se apagassem as linhas de seu contorno; e o doce tom de sua voz não mais se deixava ouvir por ele. A intimidade, demasiado breve entre ambos, ainda que ardente, não fora suficiente para gravar estas lembranças.

Um dia chegaram afinal duas notícias que o feriram profundamente: Avícia Caro havia casado com um primo, e a família Beucomb deixara a ilha a pretexto de viajar e fazer uma visita a um parente do Sr. Beucomb, banqueiro em São Francisco da Califórnia. Depois que se afastara de seu rendoso negócio, o comerciante em pedra não sabia em que ocupar o tempo: empreendia aquela viagem agora por julgá-la útil à sua saúde. Ainda que não o soubesse ao certo, imaginou que Márcia acompanharia o pai, e, mais que nunca, sentiu-se ferido pelo que isto significava: a obstinada oposição do velho Beucomb a que sua filha se unisse a um homem que tinha o sangue e o nome de Pierston.

CAPÍTULO IX

FENÔMENOS FAMILIARES À DISTÂNCIA

Pouco a pouco retomou Pierston o seu antigo gênero de vida, e sua arte de escultor o absorveu como no passado. Nos dois primeiros anos apenas uma única vez teve notícias dos Beucomb por uns moradores da ilha. A longa viagem dos pais de Márcia havia despertado na família a curiosidade por novos países; e informaram-no de que o velho Beucomb, homem ainda forte apesar dos anos, aproveitava os conhecimentos que ia fazendo para colocar capitais em rendosas empresas estrangeiras. E o que ele havia pressentido realizava-se: Márcia viajava com os pais e por isso a separação provisória, que se fizera por mútuo acordo, ia tornar-se definitiva.

Era como se lhe fosse apenas possível descobrir de novo a casual habitação da obsedante eleita de sua imaginação. Por ter estado tão perto de esposá-la, ele se havia sentido moralmente ligado a ela, e por nada deste mundo quisera empenhar-se na busca de um novo ideal. Assim foi que durante o primeiro ano da ausência da senhorita Beucomb, quando guardava inteira fidelidade à última encarnação da Bem-Amada, aquele homem de estranha imaginação tremia só de pensar no que poderia acontecer se, de repente, o inconstante Fantasma se revelasse onde menos esperava e o seduzisse antes que pudesse ter consciência disso e reagir. Uma ou duas vezes imaginou entrevê-la de longe, no fim de uma rua, na longínqua areia de uma praia, em uma janela, num campo, no lado fronteiro a uma estação; mas decidiu imediatamente não seguir o caminho, e afastou-se.

Durante os anos que se seguiram a este gesto de independência da parte de Márcia, (gesto aliás pelo qual, no fundo, guardava certa admiração), Pierston imprimiu a suas criações plásticas essa força de emoção, verdadeira lava, que, nascida do fundo do ser, tudo destrói menos aos homens de exceção. Provavelmente por esta razão, e não porque buscasse com ambição o êxito, o fato é que venceu em sua carreira quase que de súbito, transpondo dificuldades em que havia parado durante anos.

Sem esforço viu-se célebre; não tardou a ser eleito membro da Real Academia de Belas Artes.

Contudo, as recompensas deste gênero, as distinções sociais que outrora tão ardentemente desejara, agora lhe pareciam não ter nenhuma utilidade por falta de um lar onde pudessem cristalizar-se, as homenagens sociais dispersavam-se impalpavelmente sem em nada contribuir para a sua felicidade.

Não havia dúvida de que Pierston teria trabalhado com maior carinho se suas criações estivessem destinadas a serem vistas por outros olhos que não apenas os seus. Esta indiferença a respeito de como recebia o público suas figuras de sonho, davam-lhe um curioso equilíbrio que o levaram a satisfazer o gosto da opinião pública sem todavia fazer concessões comprometedoras da pureza de sua arte.

Desde então, durante anos a fio, sua maior alegria foi o estudo da beleza. Andando nas ruas, observava rostos ou fragmentos de rostos que lhe pareciam exprimir em carne frágil essa qualquer coisa de eterno que ele quisera fixar no mármore. Como um verdadeiro detetive, seguia as belas silhuetas; em ônibus, em carruagens, em pequenas embarcações a vapor, no meio da multidão, nas lojas, nas igrejas, nos teatros, nos restaurantes — e, ai dele! não raro para a sua própria decepção. Naquelas profissionais pesquisas da beleza, costumava estender o olhar até o Tâmisa, sobretudo para os lados em que desembarcavam os pesados blocos da pedreira de seu pai. E deixava-se estar olhando aquelas enormes massas tão persistentemente arrancadas da pedreira da pequena ilha do Canal da Mancha como se, ao passar dos anos, ela chegasse um dia a desaparecer de todo.

Uma coisa não lograva ele compreender: em que espécie de observação se baseavam poetas e filósofos para admitirem que a paixão amorosa era intensíssima na mocidade e diminuía com os anos? Talvez fosse preciso isto: a sua solidão doméstica, durante os ativos anos que se seguiram à partida de Márcia, isto é, o intervalo compreendido entre os seus vinte e cinco e trinta e oito anos, em que Pierston amou de quando em quando com um intenso ardor. E cumpre acrescentar ainda que conheceu então um domínio de si que lhe era desconhecido nos anos de mocidade.

Sua estranha imaginação de ilhéu havia se tornado tão exagerada, que a Bem-Amada sempre se revelava em forma visível e, em certos lugares, muito perto dele. Durante meses seguidos descobrira-a no palco de algum teatro; mas não demorara em desaparecer, deixando uma pobre carcaça vazia no lugar em que havia morado, como um triste e feio manequim cheio de imperfeições e terrível vulgaridade. A seguir reaparecia em alguma mulher na qual antes não havia reparado, encontrada por acaso em alguma reunião mundana, exposição de arte ou festa elegante, para afinal fugir também pouco depois e ir encarnar-se em alguma caixeirinha de alguma rua que acaso passasse a freqüentar. Depois a Bem-Amada abandonava esta personificação e tornava a revelar-se em alguma escritora, pianista ou violinista, pelas quais ele se deixava a suspirar mais de um ano. Em dada ocasião foi a Bem-Amada uma bailarina do *Real Palácio de Variedades*, ainda que durante toda a temporada em que ali esteve nem uma só vez ele lhe dirigisse a palavra, nem ela jamais desconfiasse de sua existência. É que ele não ignorava que dez minutos de conversa com aquela que encarnava a Bem-Amada destruiria nela a doce ilusão da ideal e provocaria imediatamente a sua fuga e nova encarnação em outra parte.

Ora a Bem-Amada era loura, ora morena, como alta ou baixa, gorda ou magra, esbelta ou cheia de corpo e de feições ovais ou compridas... Apenas um detalhe característico permanecia: a sua instabilidade. Segundo uma frase de Borne, só uma coisa era constante nela: a sua mutabilidade. E Pierston repetia de si para si: "É singular que esta disposição particular, esta idiossincrasia, ou que nome se lhe dê, que para as outras pessoas equivale a uma simples perda de tempo, para mim seja motivo de tão graves e dolorosas preocupações".

Pois todos estes sonhos ele os plasmava em mármore; e o público, a quem ele nunca lisonjeara o gosto o admirava. Em duas palavras: estava assim ameaçado do perigo de passar de uma sólida reputação artística para uma vã popularidade acaso tão efêmera quanto brilhante.

Certa vez Somers observou-lhe:

— Ah, um belo dia ainda você será a vítima... Não quero dizer que se deixe levar por alguma aventura pouco decente, pois estou convencido de que você é tão idealista na prática quanto na teoria. Quero dizer que os papéis serão invertidos. Alguma mulher que andar também à procura de seu Bem-Amado, como você agora atrás da Bem-Amada, fascinará seus olhos e você ficará preso à sua sedução, enquanto ela continuará indiferente a seguir o seu fantasma, ao passo que você ficará sofrendo inutilmente, irremediavelmente.

— Talvez você tenha razão, respondeu Pierston, mas eu não creio. Carnalmente a minha Bem-Amada morre todos os dias, como o ser material do Apóstolo; pois quando toco a realidade já ela não se encontra ali. De maneira que, ainda que eu próprio o desejasse sinceramente, nunca me seria possível ligar-me a uma personificação.

— Bem, profetizou Somers, espere então envelhecer e verá.

SEGUNDA PARTE

UM JOVEM DE QUARENTA ANOS

> *"Já que o Amor quer por força que eu ame,*
> *Não oporei resistência:*
> *E como nenhuma contingência o pode afetar,*
> *Tanto nas horas boas como nas horas más,*
> *Sempre me hei de aplicar com paciência*
> *A servi-lo e sofrê-lo".*
>
> Sir T. Wyatt.

CAPÍTULO I

O VELHO FANTASMA REVELA-SE NITIDAMENTE

No curso destes longos anos, a vida de artista de Pierston foi perturbada pela morte súbita do pai, em Sandbourne, para onde o comerciante em pedra havia ido a fim de mudar de ares a conselho médico.

O velho Pierston, não se podia negar, havia sido um homem um tanto tacanho, conforme se expressara Márcia certa vez. Mas nunca o fora para com Jocelyn. Patrão severo, ainda que pagasse escrupulosamente a seus operários, o senhor Pierston era um atilado ganhador de dinheiro, áspero, mas honesto. Com surpresa geral, o capital acumulado no comércio da pedra era, levando-se em conta a estreiteza dos meios, muito maior do que imaginara Jocelyn. Enquanto o filho modelava e esculpia seus efêmeros sonhos em perenes formas, o pai havia esculpido pacientemente durante meio século a bruta matéria-prima daquelas mesmas formas na dura pedreira solitária do Canal da Mancha; e com o auxílio de guindastes, roldanas e botes havia enviado as suas pedras a todos os recantos da Inglaterra.

Depois que Jocelyn acertou aqueles negócios e dispôs tudo conforme a última vontade do pai, expressa em testamento encontrou-se com oitenta mil libras a ajuntar às doze mil que possuía, fruto de sua profissão e outros proventos.

Feita a venda de algumas propriedades que possuía na ilha, além das pedreiras, pois não pretendia morar ali, voltou para a cidade. Constantemente perguntava-se ele que fim teria levado Márcia. Mas prometera não tornar a importuná-la e isso mesmo havia cumprido durante vinte anos, ainda que muitas vezes suspirasse por ela como por uma amiga de grande compreensão nos momentos difíceis. Sem dúvida seus pais já haviam falecido; e quanto a ela estava certo de que nunca havia estado na ilha. Quem sabe se não se casara mesmo no estrangeiro, estando ele agora impossibilitado de descobri-la pelo seu nome de solteira.

Seguiu-se um período de calma. Sua primeira aparição em sociedade, após a morte do pai, foi numa noite em que, não sabendo o que fazer, aceitou o convite de uma das poucas damas da nobreza que contava entre seus amigos, e tomou um carro em direção ao bairro em que ela morava, tendo saltado em uma praça em que durante alguns meses do ano morava a senhora.

Ao dobrar o carro a esquina entre as residências do lado norte da praça, uma das quais era exatamente a da senhora de seu conhecimento, viu Pierston um criado à porta. Além disso, notou ainda lanternas chinesas nas sacadas. A seguir reparou que esta recepção íntima era uma dessas reuniões elegantes em que toda a Londres desfilava.

Lembrou-se de que acabava de revelar-se uma crise política e tal acontecimento atraía maior número de pessoas à reunião da condessa de Channelcliffe, pois seus salões eram um desses terrenos neutros onde os partidos se podiam livremente encontrar.

Tão numerosa era a fila de carros, porém, que Pierston teve que parar um instante por detrás da muralha de curiosos que lhe interceptavam os passos, e enquanto esperava, algumas senhoras, em mantôs brancos, apearam de carros à porta, encaminhando-se pelo tapete ali estendido na ocasião. Pierston não chegou a ver-lhe os rostos, apenas ligeiras formas em movimento; entretanto dominou-o o pressentimento de que naquela noite tornaria a encontrar a Bem-Amada, que após seu último e longo desaparecimento iria novamente se revelar e fasciná-lo. Apesar de suas múltiplas mudanças exteriores; bem conhecia ele aquele particular brilho de seu olhar, aquela divina música de sua voz, aquele vivo movimento de sua cabeça, e imediatamente a reconheceria sob qualquer compleição, qualquer traço ou acento e estatura ou porte que acaso pudesse escolher para ocultar-se.

Era uma dessas reuniões políticas as mais brilhantes; um grande entusiasmo animava os salões repletos de convidados, desde a entrada até o interior. A atmosfera geral era bem a de um mundo de facções e intrigas, quando um acontecimento inesperado acabava de se verificar.

— Onde se tem metido durante tanto tempo, jovem? perguntou-lhe alegremente a dona da casa, quando Pierston lhe beijou a mão. (Continuavam tratando-o por jovem, apesar de andar perto dos quarenta anos). Ah, sim, me lembro agora, continuou ela muito séria, recordando a recente perda que Pierston havia sofrido.

A condessa era mulher de fina educação, temperamento expansivo, e dotada de certo espírito e grandemente simpática.

Contou-lhe então um escândalo que acabava de se tornar conhecido após uma crise parlamentar, escândalo que cobria de vergonha certos membros de seu partido; de sua parte, estava resolvida a abandonar de vez a política: agora, mais que nunca, seu salão se transformaria num terreno absolutamente neutro. Novos convidados afluíam, e Pierston resolveu introduzir-se nos salões.

— Decerto procura alguém, não? observou a condessa.

— Sim, uma senhora, respondeu Pierston.

— Como se chama? Talvez eu saiba dizer se está aqui...

— O seu nome! Mas eu próprio o ignoro, acrescentou ele.

— Fala seriamente? Como é ela, então?

— Não posso descrevê-la, acredite-me, pois nem sei se é loura ou morena, nem a cor de sua roupa.

A condessa teve um pequeno gesto: evidentemente se divertia a sua custa; ao que ele aproveitou para misturar-se aos convidados. A verdade é que Pierston acreditava ter feito uma importante descoberta; imaginava que Aquela a quem buscava havia encarnado, enquanto conversava, na personalidade dessa mesma dona da casa, a condessa Channelcliffe, sempre tão simpática e sedutora, sobretudo naquela noite — e sentiu-se consternado diante da possibilidade de uma tal peça pregada pela Bem-Amada. Não era aliás a primeira vez que ela se revelava na pessoa de uma mulher casada, ainda que sem maiores conseqüências. Felizmente, compreendeu dali a pouco que se enganara e que tudo não passava de uma forte tensão nervosa causada pelo seu longo isolamento.

Os salões eram a viva expressão dos mais diversos pontos de vista. Os deuses dos partidos encontravam-se ali com seus defensores serafins; e era de ver naquele meio a singular ausência de idéias originais em oposição à brilhante maneira de falar. Nenhum princípio de inteligente orientação política tinha lugar ali; apenas um fátuo e egoístico personalismo animava aqueles espíritos. Jocelyn não pôde entusiasmar-se por tais coisas. Via-se como uma minúscula pedra no leito de um murmuroso riacho à espera de que qualquer objeto flutuasse e o arrastasse ao sabor da correnteza.

Esperando assim a nova encarnação da Bem-Amada, não observou, como de outras vezes, que o pressentimento de encontrá-la era, de todos os pressentimentos, o que precisamente se iria realizar por si mesmo.

Procurou-a num pequeno grupo de senhoras reunidas em torno de um ex-primeiro-ministro que, sentado ao centro do salão principal, perorava festiva e quase jovialmente como no tempo em que era senhor todo poderoso. Às poucas senhoras que o cercavam veio juntar-se outra, trajando vestido preto e uma écharpe branca; foi precisamente ela que atraiu a curiosidade de Pierston. O ex-ministro lançou também para o lado dela um rápido olhar, como quem pergunta: "Quem é?". Mas este olhar transformou-se logo numa deferente atenção, quando ela fez certa observação, pois o ex-primeiro-ministro era homem diverso dos de sua situação, tendo sempre o cuidado de não interromper o interlocutor, deixando-o com a palavra nos lábios. É que ninguém sabia melhor do que ele que sempre se pode aprender dos outros alguma coisa e dessa maneira se conduzia, como certas pessoas que se apoderam das idéias dos outros, incapazes de tê-las próprias.

A senhora repetiu a observação; Jocelyn não pôde apanhar o que ela disse, mas viu o ex-primeiro-ministro pôr-se a rir espalhafatosamente.

Ela corou; Jocelyn fortemente excitado pelo pressentimento de que a sua "forma com muitos nomes de Shelley" estava prestes a revelar-se, esforçava-se por observar apenas as mulheres, desejoso de identificar a que lhe havia antes despertado curiosidade.

A senhora estava naquele momento oculta em parte pelas outras. À aproximação da condessa de Channelcliffe com um convidado, para apresentá-lo ao ex-primeiro ministro, dispersaram-se então as mulheres e Jocelyn perdeu de vista a que desconfiava já que fosse a fugitiva Bem-Amada, em via de novamente se encarnar.

Teve a impressão depois de tê-la encontrado em uma amável mocinha da casa, parenta da condessa, que naquela noite estava igualmente bela no seu vestido azul claro, com o busto decotado a mostrar sua fina epideme, e que lhe emprestava um ar de Sílfide.

Aproximou-se dele com um olhar que bem significava: "Então, que pensa de mim agora?" Ele lembrou-se de seu último encontro com ela: fora num dia de chuva, no campo, e ela encontrava-se desfavoravelmente de luto numa casa em que toda a gente era mais ou menos antipática.

— Tenho umas fotografias novas, e quero sua opinião a respeito, disse-lhe a mocinha. Mas diga-me francamente o que acha, ouviu? acrescentou.

Ela mostrou as fotografias, tendo-se ambos sentado em uma otomana para vê-las melhor. Os retratos, tirados pelo fotógrafo da moda, eram muito bons, e foi o que ele lhe disse; porém, enquanto falava, comparando-os, seu espírito andava em pensamentos muito diferentes. Estaria encarnada nela a Bem-Amada?

Ele encarou-a e compreendeu que também o espírito dela estava longe dali. Seus olhos observavam fixamente um grupo de homens à distância; e pela aparência, preocupava-se com o efeito que sua conversa com o escultor poderia estar provocando no ambiente e particularmente sobre um certo rapaz de uns trinta anos, aspecto militar, pessoa inteiramente desconhecida para Pierston. Por fim, perfeitamente convencido de que o seu fantasma não estava encarnado na mocinha, pôde observá-la friamente. Cada um deles, trocando idéias, parecia interessar-se pelo que dizia o outro, mas a verdade é que tinham a atenção voltada para ângulos opostos do salão, ainda no mais interessante da conversa.

Não, não encontrara a Bem-Amada. Talvez nem a visse naquela noite: sem dúvida o pesado ambiente político a intimidava. Contudo, continuou ele ainda a procurá-la, e era com penosa atenção que reparava em alguns fantásticos duendes — diferentes dos afrodíticos — que freqüentam assiduamente tais lugares: de passagem observava, não sem uma ponta de ironia, na confusão destas sereias, uma ou outra barba branca, ou certo velho, com o rosto vincado pela marca dos prazeres e que acaso havia influído em grandes fortunas da Europa; e entre vozes que talvez houvessem contado no número de seus ouvintes alguns monarcas, podia ocultar-se um coração vulgar; enfim, que por baixo de tal ou qual colar de pérolas e rosada epiderme podia esconder-se um pulmão afetado, tão afetado que apenas permitira deixar em pé a sua dona até o dia da festa.

Justo neste momento encontrou-se com o distinto dono da casa, Lord Channelcliffe, e quase no mesmo instante percebeu a senhora de écharpe branca que antes havia despertado sua atenção. Seus olhos se encontraram, ainda que se achassem distantes um do outro, o extremo do salão. Pierston teve um breve sorriso, e não de prazer — era a emoção da descoberta. Realmente, em lugar de experimentar prazer em presença da Bem-Amada, sentia-se ao contrário como um escravo antigo ao ser levado ao mercado — seu coração palpitava de temor e angústia, forte, intensamente.

Contudo, cumpria dar atenção ao dono da casa; aliás foi o próprio Lord Channelcliffe quem primeiro fez esta pergunta:

— Quem é a bela mulher vestida de preto, écharpe branca e colar de pérolas?

— Não a conheço também, respondeu Jocelyn. Era exatamente o que lhe ia perguntar.

— Bem, já o vamos saber. Minha mulher deve conhecê-la.

Com efeito, cinco minutos depois Lord Channelcliffe batia-lhe no ombro:

— Já descobri; trata-se da neta de um velho amigo de meu pai, o último Lord Hengisbury. Chama-se senhora... Senhora Pine-Avon, e faz uns três anos que perdeu o marido, pouco depois do casamento.

Lord Channelcliff pôs-se a conversar com um dignitário eclesiástico que se aproximara; Pierston aproveitou para afastar-se e prosseguir sua procura. O fluxo da numerosa assistência trouxe para seu lado uma jovem amiga sua, a senhorita Mabelle Buttermead, que, envolta numa nuvem de musselina branca, dava a impressão, de querer dançar. Era a senhorita Mabelle uma moça sensível, de ardente coração, cheia da alegria de viver.

Perguntou-lhe ela a razão de seu ar preocupado, e ele foi franco.

— Ora, eu a conheço muito, respondeu com vivacidade a senhorita Mabelle. Aliás certa vez me confessou que tinha vontade de conhecê-lo. Coitada, está viúva! É verdade que isso faz muito tempo, mas, no fundo, as mulheres não deviam nunca se casar para não se exporem a tais desgraças, não é mesmo, senhor Pierston? De minha parte, jamais me casarei. Sim, estou resolvida a não passar por tais perigos. Que diz o senhor, devo casar-me ou não?

— Casar? Oh, não, nunca! respondeu Pierston muito seriamente.

— É uma opinião bem sensata...

Mas a senhorita Mabelle não ficou muito satisfeita com a resposta, pois ainda que em tom de brincadeira, observou:

— Contudo, às vezes penso que devo casar-me, sabe? justamente por divertimento... bem, aproximemo-nos de minha amiga, que eu os apresentarei. Mas com esta calma não chegaremos até ela!

— Realmente, não chegaremos. A menos que nos ponhamos a correr como os tolos curiosos da City, quando vão assistir à passagem do Primeiro Lord.

Assim falando, aproximaram-se da Senhora Pine-Avon que, enquanto conversava, parecia uma dessas: femininas formas cujos gestos resplandecem de espírito, tal como a entreviu o poeta na sua esplêndida visão da Cidade de Ouro do Islam.

A cada instante deviam reter o passo; Pierston tinha a impressão, como em certos pesadelos, de que não alcançaria nunca o objeto de seus anelos, a menos que conseguisse voar. Depois de pouco menos de dez minutos de discretos olhares a omoplatas e espáduas nuas, cabeleiras soltas, admiráveis penteados, pescoços e bustos, pequenos sinais, alfinetes, grampos, minúsculos botões, brincos, colares e cordões e grandes leques, depois de se ter servido da ponta de seu sapato para abrir caminho no meio da assistência, para ele e a senhorita, chegaram afinal perto da senhora Pine-Avon, que tomava no momento um xícara de chá no pequeno salão do fundo.

— Querida Nicola, pensávamos que não chegaríamos até você, pois esta noite a casa está um inferno por causa da política. Enfim, eis-nos aqui!

E a senhorita Mabelle advertiu a amiga do desejo de Pierston. A jovem viúva pareceu satisfeita: desta vez a senhorita Mabelle não havia inventado nada, como era de seu feitio em tais circunstâncias. E logo que terminou a apresentação, afastou-se a fim de conversar com outro cavalheiro mais moço que o escultor.

A roupa escura de veludo e seda da senhora Pine-Avon, com seus enfeites brancos, realçava admiravelmente a beleza de suas espáduas e seu busto, que, ainda que artificialmente embranquecidos, não apresentavam a menor mancha. De perto ainda parecia mais sedutora que de longe. Por outro lado, defendia idéias esclarecidas e nada vulgares a respeito de artes plásticas, e era a primeira mulher realmente inteligente que Pierston encontrava naquela reunião.

Não tardou em estabelecer-se uma natural confiança entre ambos; durante um breve silêncio, pouco depois, observaram a agitação que provocava a chegada de um candidato atrasado, trazendo entretanto algumas novidades de importância. Era uma senhora de pequena estatura, olhos miúdos e vivos, vestido escuro e que, quisessem ou não, fazia-se ouvir à força.

— Quanto a mim, sinto-me feliz em ser neutra, disse a interlocutora de Jocelyn, sentando-se num sofá, junto ao qual ele permanecia de pé. Por nada no mundo, continuou, quisera estar no lugar de minha prima, aquela que ali está. Acredita que o marido será derrotado nas próximas eleições e está furiosa.

Sim, observou Pierston. Quase sempre são as mulheres que jogam enquanto os homens não passam de meros naipes. O mais grave é que os homens encaram a política como um jogo, exatamente o críquete ou o bridge, e não têm nenhuma consciência de sua missão.

— É? Quanto a mim, apesar de minhas amizades, não me filio a nenhum partido. Contudo, evidentemente, só pode haver um rumo a seguir em oposição a qualquer outro, e penso que as pessoas sábias do país deviam procurar achá-la, em lugar de se digladiarem mutuamente, egoisticamente.

Depois disto, não foi difícil entenderem-se sobre outros assuntos. Quando mais tarde descia Pierston a escada, deixando a reunião, e que para chegar até seu carro teve que passar pelas ventas fumegantes dos cavalos de um embaixador, compreendeu que a Bem-Amada havia surgido da sombra, sem nenhuma advertência prévia — e esta intuição não deixou de perturbá-lo e muito.

Contudo, advertiu que por detrás da Bem-Amada se escondia a própria Deusa, a única que fazia mover os barbantes deste novo títere. Antigamente ele havia dedicado seu talento de artista à realizações plásticas de Afrodite, sob as mais diversas aparências: ele se tornara o seu fiel escravo, seu escultor favorito. Mas haviam fracassado seus esforços. Quem sabe se, na sua terrível e implacável vaidade, a Deusa o castigava por tê-la sempre modelado tão mal?

CAPÍTULO II

ELA SE APROXIMA UM POUCO E SATISFAZ

Não conseguiria Pierston esquecer os olhos da Senhora Pine-Avon, ainda que não se lembrasse de nenhum outro detalhe. Eram dois grandes olhos, rasgados e luminosos. Como seus negros cabelos brilhavam! Não precisavam de nenhum diadema que os ornassem como os daquela rica viúva que vira nessa mesma reunião e que, tendo colocado na cabeça um de umas dez mil libras, apenas havia conseguido dar a impressão de uma criada com a sua touca de musselina barata. Devia tornar a procurá-la? — perguntava-se agora. Mas, por cúmulo do azar, precisamente ao sair da reunião, havia encontrado uma velha dama, a senhora Brightwalton, sua antiga amiga, que o convidara a ir jantar com ela no dia seguinte, acrescentando com a sua habitual sinceridade, aliás bastante conhecida de Pierston, que não o havia feito duas ou três semanas antes por lhe terem informado achar-se ele ausente da cidade.

Ora, Pierston adorava, na vida social, justamente ser convidado assim de repente, sem grandes solenidades, sem o terem contado antes entre os convidados, em substituição por exemplo a um bispo, Lord ou sub-secretário; e quando o convite se completou com a notícia de que a Senhora Pine-Avon se encontraria ali, aceitou imediatamente.

Para passar à mesa ele deu o braço justamente a ela, e durante todo o jantar não conversou com outra pessoa. No salão se separaram um pouco, para guardar as aparências, mas pouco depois procuraram de novo se aproximar, como por acaso, e ficaram juntos até o fim da reunião. E ao se despedirem, pouco mais das onze horas, Jocelyn não duvidou de que, sob os seus luminosos olhos castanhos, Aquela a que se conservara eternamente fiel acabava de revelar-se e por muito tempo. Todavia nem era tudo! No momento exato de deixá-la, ele apertou-lhe ligeiramente a mão e, em resposta sentiu uma leve pressão dela, como que advertindo-o de que o prazer que ele experimentava era recíproco. Em uma palavra: ela estava desejosa de prosseguir naquilo.

Mas, era ele capaz?

Até ali tudo aquilo não passara de um simples flerte; mas a jovem viúva conhecia a sua história, o feitio singular de seu temperamento? Saberia que ele era o judeu errante do mundo do amor? Desconfiaria acaso quanto sua ternura era inconstante? Que o artista havia morto nele o amoroso? Que vivia sob o permanente receio de ofender a uma mulher superior a ele, fazendo-lhe promessas que não chegasse a cumprir? Pressentiria, afinal quanto incapaz era ele de se encaminhar a passos práticos para a organização de um lar, ainda que suspirasse sempre por isso? Ele andava agora pelos quarenta anos; quanto a ela possivelmente pelos trinta, e ele não se atrevia a aventurar-se a um passageiro namoro com o despreocupado egoísmo de um jovem. Era desleal continuar sem francamente se abrir com ela, ainda que até ali nada o obrigasse a ser tão explícito.

Resolveu então fazer uma visita à Nova Encarnação.

Ela morava não muito longe da ampla e elegante praça de Hamptonshire, e ele para aí se dirigiu degustando com antecedência o prazer de uma explicação. Mas logo que a campainha tocou e que se viu no interior, não se sentiu muito bem, ainda que ela própria lhe tivesse dito com insistência que aparecesse.

Se era frio o acolhimento da casa, o da dona da casa não foi menos e quiçá glacial para surpresa do escultor. As portas que ia atravessando pareciam-lhe como se não houvessem sido abertas há um mês; e ao chegar ao vasto salão, reparou sentada numa poltrona, ao fundo, uma senhora. Sem dúvida era a mesma Senhora Nicola Pine-Avon, mas que mudança! Abandonando o livro que tinha aberto, levantou os olhos com desdenhosa e interrogadora expressão; encostou a cabeça para trás, como que absorvida ainda pelas últimas impressões da leitura e respondeu ao seu cumprimento com duas palavras vulgares.

Este acolhimento transtornou por completo o infeliz Pierston. Evidentemente começara a amar Nicola e sentia-se incompreendido, quase ofendido. Mas, por felicidade, seu afeto era ainda incipiente e uma súbita consciência do ridículo de sua situação desenhou-se nitidamente a seus olhos. Ela indicou-lhe uma cadeira, e pôs-se a fazer comentários ocasionais; falaram das notícias do dia, e como de repente um realejo, na rua, começasse a tocar uma certa música que ele conhecia, para mudar de conversa, perguntou-lhe se conhecia a composição.

— Não; não a conheço, disse Nicola.

— Pois eu já a ouvi em um café-concerto, há tempos acrescentou ele com gravidade. Está baseada em uma velha canção chamada *The Jilt'as Hornpipe*. Assim como os falsificadores transformam o vinho da Madeira em vinho do Porto, da mesma forma esta velha canção foi instrumentada e transformada em uma nova canção popular.

— Sim? fez ela.

— Se acaso tem o hábito de freqüentar os salões de música ou os pequenos teatros...

— Ah, tenho sim!

— Nesse caso pôde observar como costumam executá-la com perfeição.

Assim falando, Nicola animou-se um pouco e principiaram a conversar a propósito de sua residência, recentemente pintada e decorada de azul tirando para o verde, até à altura de uma pessoa. Esta cor aliás combinava perfeitamente com o seu rosto, ligeiramente fanado, ainda que belo, e para o mesmo efeito contribuíam as cortinas da janela.

— Sim, faz já algum tempo que moro nesta casa e agrada-me melhorá-la todos os anos, observou ela com certa complacência.

— Mas não se sente às vezes muito sozinha aqui?

— Não, nunca!

Pierston não insistiu nisto. Contudo, reparou que ela se tornara mais cordial; e ao despedir-se, aproveitando a oportuna chegada de umas senhoras, pareceu-lhe que ela ficava um tanto triste e convidou-o para voltar breve.

— Não, vou esforçar-me para não fazê-lo, observou ele achando conveniente falar com franqueza e fazer-se ouvir pelas visitas. A senhora Pine-Avon acompanhou-o até a porta e murmurou não sem uma ponta de coqueteria:

— Que descortesia acaba de cometer!

— Talvez... Mas não faz mal. Adeus! Arrematou Pierston.

Para puni-lo, ela não chamou o criado para que o acompanhasse até a saída, deixando-o perder-se sozinho pelos caminhos do jardim.

Pierston deteve-se mais adiante e, numa atitude de reflexão: "Mas que diabo quer dizer tudo isto"?

E, singular, a resposta podia ler-se perfeitamente em seus olhos.

A sós, agora, as três senhoras acabadas de chegar em visita perguntaram a meia voz:

— Quem era esse senhor tão interessante, com sua bela cabeleira? Se não me engano vi-o em casa da Senhora Channelcliffe uma noite destas.

— Chama-se Jocelyn Pierston.

— Oh, Nicola, tudo isto está muito mal. Como foi deixá-lo sair assim? Teria tanto prazer em conhecê-lo, sobretudo desde que soube que a experiência de sua vida influiu na sua arte. E soube-o ao informar-me, pelos jornais de Jersey, do casamento de uma mulher que ia tornar-se sua esposa depois de fugir com ele faz muitos anos. Não o sabia? Mas depois não se casou, talvez devido a certas conveniências sociais que ela inventou para seu próprio uso.

— Como? Não se casou com ela? perguntou a Senhora Pine-Avon, admirada. Pois hoje mesmo ouvi dizer que se casou, ainda que estejam atualmente separados.

— É de todo inexato, acrescentou a outra senhora. Que pena não o poder agora chamar, já deve ir longe!

Com efeito, Jocelyn afastava-se a largos passos da casa da linda viúva. Nos dias subseqüentes pouco saiu; mas ao fim de uma semana quis cumprir a promessa à Senhora Ires Spedwell, de ir jantar em sua casa, convite que aliás nunca rejeitava, pois tratava-se da mais esplêndida anfitriã de Londres. Por acaso, chegou aí um pouco cedo. A Senhora Iris havia saído por alguns instantes do salão, para certificar-se se tudo estava direito na sala de jantar, e ao entrar ele encontrou ali sozinha a Senhora Pine-

Avon, iluminada pela claridade da lâmpada. Era a primeira que havia chegado. Ele estacou surpreso, não tendo pensado absolutamente encontrá-la, ainda que em casa da Senhora Íris se pudesse esperar encontrar toda a gente.

A expressão da senhora Pine-Avon era tão terna e tão implorante que ele se sentiu desarmado para mostrar-se rigoroso para com ela. Como os convidados começassem a chegar, eles se retiraram para um ângulo sombrio à espera do jantar.

Não lhe coube conduzi-la pelo braço para a sala de jantar, mas à mesa sentaram-no em sua frente. Estava ela encantadora à luz das velas, e imediatamente lembrou-se Jocelyn do último acolhimento tão frio de Nicola, e em sua casa, talvez resultado de alguma falsa informação com respeito a Márcia, de quem há muitos anos nem ouvira mais falar. Como quer que fosse, ele não se sentia absolutamente disposto a mostrar-se frio por causa dos caprichos da Senhora Pine-Avon, caprichos aliás bastante femininos, sabendo por experiência que eles nada têm a ver com a razão.

Foi assim que, durante todo o jantar, ele correspondeu aos olhares e às poucas palavras amáveis que de quando em quando ela lhe dirigia. Limitava-se a responder cortesmente, mas a Senhora Pine-Avon revelou-se francamente amável e atenciosa para com ele. Admirou-a novamente Pierston, ainda que a sua recente frieza contribuísse para diminuir seu entusiasmo, até o ponto de perguntar-se intimamente se a Bem-Amada se adaptava de fato aos seus traços, ou se acaso não teria apenas atravessado fugazmente aquela interessante personalidade. Meditava sobre isto, e deixava-se levar cada vez mais pela ternura que ela lhe demonstrava, quando, metendo casualmente a mão no bolso para tirar um lenço, sentiu qualquer coisa dentro e viu que era uma carta, ainda fechada, recebida exatamente no momento em que saía de casa, e que havia guardado na intenção de lê-la no carro durante o trajeto. Tirou-a do bolso apenas o necessário para ver pelo carimbo se era de sua ilha natal. Era, e como ele não tinha correspondência com ninguém naquela ilha, perdeu-se em conjeturas sobre quem podia ser.

A senhora que estava à sua direita, a qual ele havia acompanhado pelo braço ao virem para a sala de jantar era uma atriz muito conhecida em Londres, célebre em todo o Reino Unido e na América do Norte pela sua arte; mostrava-se vaporosamente vestida, lembrando pela complicação de detalhes e pelos seus gestos uma dessas máquinas, bastante lubrificadas, na qual, apertando-se certo botão, a tampa se levantava, deixando ver todo o maquinismo. Aqui o botão era a sua imensa vaidade. Naquele momento estava conversando com o cavalheiro de sua direita, um herdeiro de tradicional família, que falava num tom afirmativo e campanudo, como se evocasse uma visão de cinco séculos de feudalismo: A senhora que estava sentada à esquerda de Jocelyn, mulher de um magistrado, conversava também com seu vizinho, de modo que, por alguns instantes, Pierston ficou livre. Aproveitando então a oportunidade, tirou a carta e, aproximando-a da luz, sobre a mesa, leu-a do começo ao fim.

Era-lhe esta carta enviada pela viúva de um antigo operário de seu pai, e nela pedia a Jocelyn que se interessasse por um filho dela. Mas o que o comoveu profundamente foi este breve post-Scriptum:

> "Decerto lhe interessará saber, senhor, que morreu Avícia Caro, a nossa querida pequena, como costumávamos chamá-la. Lembro-lhe que se casara com seu primo e que haviam deixado a ilha, fazia muitos anos, mas ficara viúva ultimamente e havia cerca de um ano que voltara. Desde então foi emagrecendo, cada dia mais, até que veio a falecer hoje".

CAPÍTULO III

TRANSFORMA-SE EM INACESSÍVEL ESPECTRO

Lenta, gradual e imperceptivelmente o cenário atual afastou-se para o último plano, diluiu-se por detrás da vívida imagem de Avícia Caro; e as lembranças, as velhas lembranças da ilha Vindília, inseparáveis, acordaram igualmente. A sala de jantar desapareceu a seus olhos, esfumada sob o gigantesco promontório de pedra e o avanço do mar ocidental. A bela marquesa cintilante de diamantes, que estava sentada em frente, à direita do dono da casa, transformou-se num desses esplêndidos ocasos, tantas vezes admirado por ele na Baía do Homem Morto, enquanto a silhueta de Avícia Caro se recortava em primeiro plano. Entre ele e o vizinho de Nicola, com um cavanhaque tão cuidado que sem dúvida passara todo aquele dia a tratá-lo, se interpunha o rosto de Avícia, tal como ela o olhara na ocasião da despedida. O sulcado rosto de uma velha e muito social dama que, com alguns anos de menos daria a impressão de mais velha que a filha, converteram-se nas poeirentas pedreiras de seu pai, que ele tantas vezes outrora havia escalado em companhia de sua amiga. O festão de hera que cobria a toalha da mesa, as luzes dos altos candelabros e os buquês de flores, transfiguraram-se na hera do castelo, construído no alto da escarpada pedreira, nos faróis da ilha, nos tufos de algas marinhas.

O ar salgado do mar dissipava o cheiro da comida, e no ruído das conversas ele ouvia o monólogo incessante das ondas, atirando-se contra os rochedos. Porém a mais atingida foi Nicola Pine-Avon, que perdeu aos olhos de Pierston a radiosa beleza que ainda há pouco ostentara. Já agora era para ele uma simples conhecida, de traços vulgares, e parecia materializar-se em pura carne e osso, com linhas e superfícies...

Quando as senhoras deixaram a sala de jantar, deu-se o mesmo. A alma de Avícia Caro, a única mulher a quem ele nunca havia amado entre tantas e tantas que o amaram, envolvia-o como um firmamento, como o infinito. Um pintor, grande retratista, veio sentar-se a seu lado; mas neste momento não existia para ele senão um pintor: a sua memória. A eminente cirurgia da Europa dirigiu-lhe a palavra na pessoa de um homenzinho simples e insignificante mesmo, pelo seu aspecto, cujas mãos haviam entretanto tocado no corpo de centenas de pessoas vivas, — mas o cadáver, branco como um lírio, de uma obscura moça ilhoa tirava qualquer interesse que acaso a conversa daquele rei dos cirurgiões pudesse despertar.

No salão, aproximou-se Pierston da dona da casa; ainda que ela houvesse reunido nessa noite umas vinte pessoas ao todo, sabia perfeitamente não somente o que cada convidado falara e fizera durante o jantar, mas até seu próprio pensamento. Assim foi que, como velha amiga de Pierston, observou-lhe docemente:

— Que motivos o preocupam? Noto que tem qualquer coisa. Estive estudando sua fisionomia e pressenti nela algo de anormal.

Nada poderia revelar melhor o que se passava em seu íntimo do que uma exposição dos fatos; por isso, contou a sua interlocutora que durante o jantar abrira uma carta na qual lhe era comunicado o falecimento de uma antiga amiga de infância.

— E foi a única mulher que eu não soube apreciar e, portanto, a única que sempre lamentarei ter perdido! acrescentou ele.

Satisfeita ou não com esta explicação, a dona da casa, mulher experiente, aceitou-a. Era a única pessoa ali que não se surpreendia com a sua maneira de ser, pelo que Jocelyn a honrava com suas confidências.

Não voltou para o lado da Senhora Pine-Avon. Não podia fazê-lo. Ao sair da reunião andou vagando pelas ruas, abstraído, até encontrar a porta de sua moradia. Dirigiu-se para o quarto, sentou-se e, com a cabeça apoiada nas mãos, abandonou-se de novo a seus pensamentos.

Abrindo depois uma secretária que se ocultava a um canto do aposento, tirou daí uma pequena caixa hermeticamente fechada, fazendo saltar a tampa com a ponta de um canivete. A caixinha continha uma porção de objetos atirados ali por Pierston na intenção de um dia arrumá-los, o que nunca fizera. Da confusa massa de papéis, fotografias desbotadas, selos, recortes de jornais, flores murchas e outras coisas deste gênero, retirou Pierston um retrato em daguerreotipo, um trabalho dos tempos primitivos da fotografia, com uma moldura de um mau gosto incrível.

Ele contemplou o retrato de Avícia Caro, tal como a havia visto durante o mês de verão passado em companhia dela na ilha, vinte anos antes, quando seus lábios não estavam ainda para sempre frios nem seu corpo rígido. O vidro do quadro emprestava ao retrato muito da característica suavidade do original. Lembrava Pierston que Avícia havia tirado o retrato naquela pose exatamente numa tarde que passaram juntos num balneário vizinho. Como não soubessem em que ocupar o tempo ele propusera que se deixasse retratar por um fotógrafo ambulante que ali estava...

A demorada contemplação do retrato acabou levando ao auge a intensidade de emoções que a carta despertara. Agora amava aquela mulher morta como nunca o fizera em vida. E, no entanto, durante vinte anos, não se havia lembrado dela senão em raros momentos, como de uma mulher com quem teria em outros tempos podido casar-se.

Relembrou seus jovens amores, durante os quais havia aprendido a conhecer sua cândida natureza, e esta lembrança acordou em seu coração uma ternura repassada de saudade. Aquele beijo que ele desprezara e que ela tão ingenuamente lhe dera, antes que sua consciência de mulher acordasse, ah, como agora gostaria de recebê-lo.

Pierston se censurava pelos sentimentos absurdos, mas tão fortes, tão intensos que experimentava naquela noite pela sua desaparecida companheira. "Quão insensato fui!" repetia, deitado já agora em seu solitário leito. Durante tantos anos havia sido a mulher de outro homem e agora não mais existia. Mas a consciência do absurdo de seus sentimentos não diminuíam aquela dor. Contudo, a consciência da íntima e quase nascente pureza desta nova afeição por um espírito o impedia de dominá-lo. A carne se calava: era o amor purificado, espiritual. Não havia nunca experimentado nada de semelhante.

Na tarde seguinte foi ao clube; não ao grande clube banal onde apenas os membros conversavam entre si, mas ao pequeno clube de confiança em que os sócios comentavam os acontecimentos do dia e não se envergonhavam de confessar suas fraquezas e tolices, pois sabiam que tais segredos não passavam dali. Todavia Pierston a ninguém confiou a sua história. Tão sutil e intangível era ela, que precisá-la em palavras seria tão impossível como captar um perfume.

Os companheiros de clube notaram o abatimento do estado de espírito de Pierston, observando-lhe até francamente que decerto andava apaixonado. Ele respondeu-lhes que sim, e a coisa ficou nisso. Ao chegar em casa foi postar-se à janela de seu quarto para procurar a direção possível onde a forma querida repousava àquela hora. Decerto ali, em sua frente, sob a pálida lua. O símbolo era eloqüente. A argêntea divindade não era mais pura que ela, a amada desaparecida. Sob aquela lua se estendia a ilha dos antigos piratas, e na ilha existia uma casa toda de pedra. Atrás de seus batentes jazia Avícia, cuja mortalha aquela mesma lua iluminava; apenas os ruídos habituais da ilha perturbavam o silêncio: eram o tic-tic das picaretas nas pedreiras, o bramido da maré na baía do Homem Morto e o confuso murmúrio das revoltas ondas na sempre agitada corrente do Canal.

Pierston começou a pressentir a realidade: Avícia, a morta, ainda que nunca lhe inspirasse paixão, possuía contudo uma qualidade fundamental sobre suas rivais, qualidade que lhe parecia indispensável para mantê-lo fiel a qualquer mulher: a família de Avícia, como a sua própria, havia sido ilhoa; durante séculos, desde os tempos normandos, ingleses, romanos e britânicos; daí, na natureza profunda da moça, como na sua, misteriosas afinidades, o comum instinto de raça, absolutamente necessário para o enlace matrimonial; era assim que, ainda que não pudesse nunca amar uma mulher ilhoa, por faltar-lhe a indispensável cultura, também não podia por muito tempo amar uma *kimberlina*, uma estrangeira, exatamente por não possuir aquela característica fundamental.

Tal era o ponto de vista de Pierston.

Outrossim, é preciso acrescentar aqui outra fantasia, uma pura superstição de artista. Os Caros, como outras famílias da ilha, denunciavam origem enxertada no tronco dos piratas. Suas feições lembravam as dos camponeses italianos a quem não estivesse familiarizado com elas; e havia mesmo provas de que os colonos romanos haviam povoado densamente e por muito tempo aquele rincão britânico e suas imediações. Conforme a tradição, no extremo da estrada que conduzia à ilha, erguia-se outrora um templo dedicado a Vênus e talvez fosse anterior a este último consagrado às divindades inferiores dos piratas. Desta forma, que coisa mais natural do que a verdadeira estrela de sua alma não poder encontrar-se em nenhuma outra parte senão na velha estirpe da ilha?

Depois do jantar, seu velho amigo Somers apareceu para fumar um cigarro com ele. Estiveram conversando, até que Somers recordou-lhe o encontro que deviam ter no dia seguinte.

— Não poderei ir, disse Pierston.

— Mas você me prometeu, Jocelyn.

— Sim, mas acontece que de repente preciso ir à ilha para visitar o túmulo de pessoa querida.

E enquanto falava, seus olhos se fixaram em uma mesa vizinha. Somers seguiu a direção de seu olhar e reparou na fotografia.

— É esta? Indagou.

— É.

— Sem dúvida uma antiga namorada...

— Isso mesmo. Foi a única mulher cujo amor eu desprezei, Alfredo! A única mulher a quem devia ter correspondido. Eis aqui quão insensato sou!

— Mas se está morta e enterrada você pode ir visitar sua sepultura qualquer outro dia.

— Não sei se já está enterrada.

— Bem, mas amanhã você não ignora que teremos sessão na Academia e não pode faltar.

— Bem me importa a Academia!

— Pierston, você é o nosso escultor, o nosso Praxíteles ou, melhor, nosso Lisipo. Você é o único homem de nossa geração que soube dar verdadeira vida às formas a ponto de arrastar o público ignorante e frívolo e das pinturas populares. Pessoas que ultimamente têm admirado suas obras declararam-me que não se viu coisa igual desde uns dezesseis séculos, e mesmo desde que os, "escultores da grande época" floresceram. Assim ao menos por amor de nós, não deve você ir meter-se naquele rochedo, esquecido de Deus e do mundo, precisamente num momento em que sua presença é necessária. E tudo isso simplesmente por causa de uma mulher a quem você não vê depois de um século.

— Não; apenas dezenove anos e nove meses, respondeu Pierston com distraída exatidão.

E partiu na manhã seguinte. Em sua ausência havia sido construída uma estrada de ferro que atravessava o istmo; e apesar da maré subir até os trilhos e em certas ocasiões arrancá-los, a península era facilmente acessível. Às duas horas da tarde já Pierston viajava ao longo da linha de pedras, tão monótona e familiar para ele na sua cor escura, não demorando em chegar à estação, que apresentava um aspecto extático no meio das velhas embarcações, as ruínas da aldeia desaparecida e blocos de pedras cheios de pequenas conchas incrustadas, que depois de passarem anos e anos enterrados brilhavam à luz do sol.

Seguindo ao longo da praia de pedras, o trem passou perto das ruínas do Castelo de Enrique VIII ou Castelo de Sandsfoot, junto do qual havia marcado o encontro com Avícia na véspera de sua partida. Se ela tivesse vindo, talvez ele cumprisse a promessa de casamento, pois nenhum ilhéu costumava faltar à palavra e decerto ele não faria uma excessão, tomando então Avícia como esposa.

À medida que subia o íngreme caminho, não longe das pedreiras em que os canteiros trabalhavam entre o forte ruído das gigantescas serras, como antigamente, como sempre, olhou Pierston em direção do sul, para os lados de Beal.

A linha do horizonte parecia elevar-se acima da superfície da ilha; e, como de costume, um espaço agitado entre a ilha e o horizonte, a meia distância, mostrava o lugar da corrente onde mais de um Lícidas havia ido:

"explorar o mistério daquele mundo abismal",
mas sem a companhia de nenhum poeta.

Ao mundo, em frente à superfície do mar onde um cardume de peixes brilhava ao sol da tarde, distinguia-se o farol e uma pequena igreja, com sua torre, cerca de um quarto de milha de distância, ao pé dos penhascos. E perto dali podiam ver-se as brancas sepulturas no pequeno cemitério da ilha.

Por entre os túmulos caminhava um homem de sobrepeliz branca, que o vento fazia esvoaçar tristemente de quando em quando. Com ele iam seis homens carregando um caixão e mais duas ou três pessoas de luto. O caixão, transportado à mão através da ilha, cruzou o cemitério cercado pelo mar cintilante àquela hora, com o seu cardume de peixes, e podia-se mesmo ver no Canal um barco de pesca cortando serenamente as águas...

O cortejo fúnebre dobrou um ângulo do caminho e parou um instante em pleno vento, em frente ao mar. A sobrepeliz do sacerdote não cessava de esvoaçar. Jocelyn descobriu-se embora a um quarto de milha, assistia perfeitamente à cerimônia — e tinha mesmo a impressão de ouvir as palavras do oficiante apesar da intensidade com que o vento soprava em suas orelhas.

Instintivamente compreendeu que se tratava de Avícia, de sua Avícia, como não sem presunção começava a chamá-la. Pouco a pouco o pequeno grupo afastou-se do reflexo do mar, desapareceu.

Sentiu-se Pierston de todo incapaz de ir até lá e, caminhando em direção oposta, pôs-se a andar pela ilha sem outra intenção do que rever os lugares que outrora havia percorrido na companhia dela. Mas, como se uma força invisível o arrastasse para o cemitério, teve a impressão de ser atraído para um centro ocupado exatamente pelo túmulo de Avícia Caro — e foi o que fez logo que a noite desceu sobre a ilha.

Ninguém, no momento, naquelas imediações. Com facilidade descobriu por detrás da igreja a recente sepultura aberta, e quando a lua apareceu (a mesma que na noite anterior contemplara em Londres, de sua janela), viu no chão a marca dos pés dos acompanhantes do enterro e dos coveiros. O vento diminuíra com o cair da tarde, o farol projetava já a luz de seu olho resplendente. E pouco disposto a deixar um lugar povoado de recordações queridas, tantas e tão profundas, Pierston aproximou-se da parede da igreja, ainda quente do calor da tarde, e sentou-se à beira de uma janela exatamente em frente da sepultura.

CAPÍTULO IV

AMEAÇA DE TOMAR FORMA MATERIAL

O murmúrio do mar, embaixo, nos rochedos, era o único ruído que chegava aos ouvidos de Pierston, pois com o cair da tarde cessara o trabalho nas pedreiras. Quanto tempo permaneceu ali, absorvido em seus pensamentos, não o saberia dizer. Também não sabia menos, ainda que lhe pesasse a cabeça, se uma tristeza muito calma, tal como um suave narcótico, acaso o havia feito passar por um breve sono. Toda noção do tempo e consciência dos fatos lhe desaparecera do espírito. Por alguns instantes teve a impressão de ver Avícia Caro em pessoa, inclinando-se sobre a sepultura à luz pálida da lua e depois afastou-se.

Por seu aspecto não era mais velha nem menos magra do que quando ele a deixara, vinte anos antes, na viela próxima. A impossibilidade de tal fenômeno, a certeza de que aquilo não podia passar de um sonho mesmo, fê-lo levantar-se de um salto, murmurando: "Compreendo, decerto adormeci".

Contudo, aquela visão afigurava-se-lhe singularmente real. Esforçava-se por esquecer a alucinação: sim, pois ainda que a notícia da morte de Avícia fosse falsa, coisa bastante duvidosa a amiga querida da infância não lhe apareceria, mesmo à luz da lua, tal como fora vinte anos atrás; e se a aparição fosse uma mulher em carne e osso não podia tratar-se de Avícia Caro, era evidente.

Agora, cumprido seu dever sentimental visitando o túmulo de Avícia, nada mais lhe restava a fazer na ilha e decidiu voltar para Londres naquela mesma noite. Mas como ainda lhe sobrasse tempo, por um movimento espontâneo encaminhou-se para o lado das pedreiras, onde ficava sua aldeia natal.

Passando pela praça do Mercado tomou o ramal da estrada de ferro que levava ao Castelo de Silvânia, residência particular de construção relativamente recente, nos terrenos do qual havia as mais belas árvores de que a ilha se podia orgulhar. Pequenas moradias espalhavam-se por perto. Uma delas pertencia a Avícia, e possivelmente morrera ali. Antes de lá chegar, passou pela frente do Castelo: um papel pregado no portão anunciava que estava para alugar, mobiliado. Alguns passos adiante via-se a casa de Avícia, cujas sólidas paredes de pedra prometiam uma longa duração, em contraste com as frágeis construções modernas. Uma janela aberta, de luz acesa, atraiu a atenção de Pierston. Afastou-se para uma parede fronteira e olhou francamente para o interior.

Diante de uma mesa, coberta com toalha branca, uma jovem apanhava xícaras colocando-as num aparador ao lado. Era o retrato vivo de Avícia, e era sem dúvida ela que Jocelyn havia tomado no cemitério por uma ilusão de suas lembranças. E ainda que desta vez não houvesse dúvida quanto a sua realidade, o seu isolamento numa casa silenciosa emprestava à moça um estranho e surpreendente aspecto.

Conjeturando a possível explicação do fato, deu alguns passos por ali à espera, até que casualmente passou por ele um britador que voltava para casa e a quem se dirigiu, perguntando:

— É uma Caro, não?

— Sim, senhor. É a filha única da pobre viúva Caro e terá de passar as noites sozinha, coitada! É o retrato vivo da mãe, toda a gente o confirma.

— Mas... como foi que ficou tão abandonada?

— É que um dos irmãos morreu afogado, enquanto que o outro embarcou para a América.

— Eles não eram proprietários de pedreiras?

Então o britador explicou àquele que lhe pareceu um forasteiro que havia três famílias na ilha que exploravam pedreiras na última geração: os Beucomb, os Pierston e os Caros. Os Beucomb esforçaram-se por arruinar os dois outros e em parte o realizaram. E uma vez enriquecidos, deixaram a ilha. Os Pierston, estes, haviam prosperado sem ruído, pouco a pouco, para igualmente se afastarem. Quanto aos Caros, entre estes dois competidores, haviam-se irremediavelmente arruinado. Avícia Caro esposara um primo, Jaime Caro, e este pretendeu levantar a família. Para tal assinou contratos por preços menores do que lhe era possível, e assim foi negociando até que faliu. Teve que vender tudo, deixou a ilha, voltando apenas muitos anos depois, indo morar nessa pequena casa que lhes restava de uma herança da parte da mulher. Residira ali até morrer, e agora fora a sua viúva morta pelo excesso de lutas e sofrimentos.

Afastou-se o britador e Pierston, cheio de tristeza, bateu na porta. Com uma lâmpada na mão, a própria moça veio abrir-lhe.

Avícia! Avícia Caro! — exclamou ele, possuído do mesmo antigo sentimento com que vinte anos atrás se dirigia à abandonada Avícia.

— Ana, senhor, disse ela.

— Ah, você não tem o mesmo nome de sua mãe.

— É o meu segundo nome. E tenho o mesmo sobrenome, pois minha mãe casou com um primo.

— Sim, como todas aque... Bem, Ana, para mim você será Avícia, ouviu? Perdeu agora sua mãe, não é?

— Perdi-a, sim, respondeu ela com um suspiro.

Falava a moça com o mesmo acento de voz que ele ouvira vinte anos atrás e interrogadoramente o fitavam dois grandes olhos castanhos, bem conhecidos dele.

— Eu conheci sua mãe em outros tempos; informado agora de sua morte e enterro, tomei a liberdade de vir visitar você. Perdoará a um forasteiro tal atrevimento?

— Sim, respondeu ela, num tom indiferente. E olhando em torno da sala acrescentou: Esta casa foi de minha mãe e agora é minha. Sinto não estar vestida de luto no dia de seu enterro; acabo agora de pôr algumas flores em sua sepultura e ao ir tirei o vestido preto com receio de que a umidade estragasse o crepe. Bem vê: minha mãe esteve muito tempo doente e tive que tratá-la, além de lavar e passar roupa para ganhar alguma coisa. Minha mãe piorou ao fazer um esforço maior torcendo uma colcha das que os moradores do Castelo nos dão para lavar.

— Espero que não aconteça o mesmo com você, minha boa pequena.

— Oh, não! Não me acontecerá pois tenho aí Carlos Woollat, Samuel Scribben, Teodoro Gibrey e outros rapazes que quando passam me torcem o que é preciso. É verdade que não posso confiar muito neles, outro dia Samuel Scribben rasgou pelo meio uma toalha de linho, exatamente como um pedaço de papel... Nunca sabem quando devem parar de torcer.

A voz era bem a de Avícia; mas a moça era evidentemente menos refletida e educada que a mãe. Esta Avícia nunca declamaria poemas diante do público, nem na ilha nem em lugar algum com a expressão que a outra punha ao fazê-lo. Esta observação entristeceu Pierston; mas, como todas as outras jovens, esta o impressionou e não teve forças para se despedir.

— Quantos anos você tem? perguntou-lhe.
— Vou fazer dezenove, disse ela.

Quase a mesma idade da outra Avícia, no tempo do namoro, quando ambos escalavam as rochas. Mas Pierston andava agora pelos quarenta anos e a moça que tinha em sua frente era ignorante lavadeira, enquanto que ele era um escultor de renome, membro da Real Academia de Belas Artes e rico. Contudo, porque sentia uma dolorosa tristeza ao lembrar-se da idade?

Já não havia pretexto algum para deixar-se estar ali. Como lhe restava ainda meia hora para embarcar, deu a volta pelo caminho do Castelo de Silvânia, obra do século passado, chegando até a última casa construída nos rochedos. Ali havia ele nascido. No verão era alugado aos forasteiros, no momento estava deserta e silenciosa. O vento da tarde fazia ramalhar os tamarineiros à entrada, as únicas árvores de folha perene que resistiam aos fortes ventos do Oceano. Em frente da casa, no longínquo do mar, via-se o conhecido holofote; então, de súbito, Pierston sentiu-se possuído por um ardente desejo de, em vez de um artista de renome, ser um analfabeto, um ilhéu, para apaixonar-se pela linda lavadeirinha que trabalhava na casa próxima. Apaixonar-se, e fielmente dar-lhe o seu coração...

CAPÍTULO V

REASSUNÇÃO EFETIVA

De regresso a Londres, retomou Pierston maquinalmente o ritmo de sua vida — mas seu pensamento vivia em outra parte. O espectro de Avícia, que agora ressuscitara em carne e osso, trazia seu espírito distante da cidade. Só pensava na ilha, onde a segunda Avícia, respirava seu salitroso ar, banhado pelos seus aguaceiros, na atmosfera da Vênus romana, perto do lugar em que outrora a deusa tivera um templo. À distância os defeitos da moça transformavam-se para ele em qualidades. Nada lhe agradava mais agora do que andar às tardes passeando pelas margens do Tâmisa, para os lados em que os navios de cabotagem desembarcavam blocos de pedra de sua ilha natal. Transpunha os largos portões dos armazéns, ora na margem direita, ora na esquerda, pondo-se a contemplar as grandes massas de pedra, que lhe provocavam curiosas associações de idéias chamava-as o *genius loci* da ilha e quase esquecia que se encontrava em Londres.

Uma tarde, no momento em que ia afastar-se do movimentado lugar, chamou-lhe de súbito a atenção a silhueta de uma mulher que se dirigia para o local que acabava de deixar. Era pequena, magra e graciosa: sua roupa bastaria para chamar-lhe a atenção, pois era simples e singularmente pitoresca; mas o que sobretudo o impressionou foi a sua semelhança com a jovem Avícia Caro, Ana Avícia, como dissera esta que se chamava.

Seria ela? Antes que tivesse caminhado cem metros não teve a menor dúvida. Foi tão viva a emoção que experimentou nesse momento, que a antiga e nova Avícia transformaram-se em uma só pessoa para ele. A externa parecença entre ambas (devido talvez ao parentesco que existia entre a primeira Avícia e o marido), favorecia esta ilusão. Pôs-se a caminhar apressadamente e pouco depois distinguiu a moça no meio das pessoas. Ela continuou seu caminho em direção ao cais, olhando com ar inquieto para os lados, como quem não está habituada ao lugar, e abriu o portão, desaparecendo.

Pierston seguiu-a. Ela atravessara o desembarcadouro e parou junto a uma embarcação com seu carregamento. Ao aproximar-se, reparou que conversava com um homem e uma mulher de certa idade ambos nativos da ilha das pedreiras, o que se podia perceber pelo acento de suas palavras. Pierston não vacilou em dar-se a conhecer como filho do mesmo lugar, pois muito pouca gente ou talvez ninguém sabia do rompimento do namoro entre ele e a mãe de Ana Avícia, vinte anos antes.

A nova encarnação de Avícia reconheceu-o imediatamente; e com a candura sem artifício que devia à sua raça e idade, explicou a razão de sua presença em Londres ainda que competisse mais a Pierston justificar sua intromissão no grupo.

— Este é o capitão Kibbs, senhor, um parente afastado de meu pai, disse Ana Avícia. E esta, a senhora Kibbs. Deixamos a ilha para fazer uma pequena excursão e quarta-feira estaremos de volta.

— Sim, bem o vejo. E onde se hospedaram?

— Aqui mesmo, a bordo.

— Como? Então vivem a bordo?

— Sim.

— Meu Deus! interrompeu-os a senhora Kibbs. Por nada neste mundo quisera meter-me entre esses kimberlins à noite. E, mesmo durante o dia, se me arrisco pelas ruas jamais perco de vista quantas esquinas preciso dobrar de novo para voltar ao barco de Job. Não é assim, Job?

O capitão confirmou com um gesto de cabeça.

— Pois eu lhes garanto que estariam muito mais seguros em terra que a bordo, disse Pierston. Sobretudo no Canal, com esses ventos e esses enormes blocos de pedra.

— Oh! exclamou o capitão Kibbs tirando alguma coisa discretamente da boca. Quanto aos ventos não são muito perigosos nesta época do ano, o que põe em perigo embarcações como a nossa são os transatlânticos. Se por acaso os encontramos em nosso caminho, em direção contrária, vamos a pique, isto é, violentamente partem pelo meio a embarcação sem nem siquer se darem ao trabalho de olhar para trás e não fica ninguém para contar história.

Pierston voltou-se para Ana Avícia desejoso de falar-lhe muitas coisas, não sabendo exatamente o que. Por fim murmurou esta pergunta:

— Você volta também pelo mesmo caminho?

— Volto, senhor.

— Pois então tome cuidado durante a viagem.

— Oh, obrigado!

— Espero... que volte breve... e que tenha oportunidade de vê-la.

— Igualmente, senhor.

Pierston não pôde dizer mais nada e dali a pouco despediu-se deles, saindo a pensar em Ana Avícia.

No dia seguinte ele imaginou-os navegando em um rio, parando para receber lastros, e na quarta-feira representou-os em pleno mar. Naquela noite pensou na frágil embarcação, exposta ao encontro com enormes navios, incapazes de se fazerem ver ou ouvir e sobretudo em Ana Avícia, que já se tornara querida para ele, dormindo em seu pequeno camarote, à mercê dos mais graves perigos.

Por observação, ele sabia que esta Avícia, mais bela de rosto e de corpo que a mãe, era inferior a ela em espírito e compreensão. Contudo, um ardor que a primeira nunca despertara nele, acendera-se agora por esta em seu coração, não sem surpresa de sua parte. Temia algum engenhoso divertimento de sua Bem-Amada, ou melhor, da caprichosa Divindade que se escondia por detrás da mulher ideal. Não era uma dolorosa farça que as constantes de sua ninfa viessem se arrastando há vinte anos? Sem dúvida que a comédia agora consistia no abandono da relacionada e importante Senhora Pine-Avon pela jovem lavadeira, em razão de algum místico ímã que nada tinha de comum com o raciocínio.

Jocelyn preferia não aprofundar isto e entregar-se à sua inclinação.

Lembrou-se então do Castelo de Silvânia, que era alugado todos os verões por seu proprietário. Um sonhador solitário como ideal, nada tinha a fazer num tal Castelo; mas o lugar o atraía: e pouco lhe importava os gastos de uma residência por alguns meses. Escreveu uma carta ao proprietário no mesmo dia, e uma semana depois achava-se na qualidade de temporário possuidor de um lugar que ele não via desde sua primeira infância, naquele tempo em que ele acreditava ser o castelo uma terrível casa mal-assombrada.

CAPÍTULO VI

O PASSADO REVIVE NO PRESENTE

Era de tarde; Pierston acabava de chegar ao Castelo de Silvânia, típica residência solarenga, edificada à margem do rochedo. Já havia percorrido os aposentos, o jardim e a sua alameda de olmos que emprestava ao parque um aspecto único. Pelo nome, situação e pequenos detalhes, esta propriedade contrastava inteiramente com os arredores. Para encontrar outras árvores na praia de seixos, era preciso remontar à noite dos tempos e escavar uma ampla estratificação de pedregulhos, onde jazia toda uma floresta de coníferas fossilizadas, estendidas num mesmo sentido, talvez por terem sido abatidos por algum furacão na segunda idade geológica.

Caíra a tarde, e Pierston tratou de ocupar-se no único motivo que o trouxera à ilha. As duas empregadas que cuidavam da casa haviam se recolhido aos quartos, o que lhe permitiu pudesse sair sem ser notado. Atravessando uma fossa rodeada de arbustos em flor, dirigiu-se para uma velha casa em ruínas dos tempos da rainha Isabel, e de onde, por uma janela de frente se viam as outras casas, inclusive a de Ana Avícia.

Escolhera exatamente esse momento para suas explorações, pois bem sabia que os ilhéus não se apressavam em correr as cortinas muito cedo. Como imaginara, o interior da casa da moça era perfeitamente visível daquele lugar, uma lâmpada iluminava-a.

De quando em quando ouvia-se um ruído seco lá dentro: Ana Avícia passava roupa a ferro numa mesa. Diante do fogo, numa corda, havia peças penduradas. Da última vez que Pierston vira a moça, notara-lhe o rosto pálido, mas nessa noite, o trabalho e o calor da estufa haviam-no feito corar. Contudo, a sua fisionomia mostrava-se perfeitamente serena lembrando o perfil de Minerva. Quando movia a cabeça, suas feições pareciam refletir toda a alma de sua mãe — esta alma, como ele bem se lembrava, tão inteligente. Seria possível que a filha possuísse os mesmos traços sem possuir a mesma alma? Pierston tivera já ocasião de ver outros exemplos de parecença sem as qualidades correspondentes, e receava que aqui se desse o mesmo.

A sala estava mais vazia de móveis do que a primeira vez que a vira; o bufê, onde antes arrumava a louça, desaparecera, substituído agora por um pequeno móvel pintado de branco. Tampouco se via o alto e velho relógio e em seu lugar estava outro, sem valor e feio. Estas mudanças entristeceram-no bastante, ainda que alimentassem no fundo o seu instintivo egoísmo; a pobreza a que se encontrava reduzida a moça facilitaria a aproximação entre ambos.

Como se houvesse estabelecido perto dela por tempo indeterminado, achou conveniente não impor logo de início sua presença, e retirou-se. Cada vez duvidava menos de que aquela moça, que irradiara para sua imaginação a figura da mãe enquanto esta não morrera, transfigurando em sua lembrança, ia agora encarnar a sedutora primeira Avícia. Inquietava-se Pierston não meditar sobre isto. Um certo bom-senso presidira, apesar de tudo, às suas conquistas: a Amada nunca escolhera para encarnar-se uma mulher que, seduzindo-o por uma beleza, chocasse sua inteligência. Que queria dizer esta mudança? Aproximação da velhice?

Amanheceu um bonito dia na manhã seguinte. Enquanto passeava Pierston pelo parque, não longe do portão de entrada, reparou em Ana Avícia, munida de um grande cesto oval coberto com um pano branco, dando volta para entrar pelos fundos do castelo. Dirigia-se para sua ocupação. Pierston não se havia lembrado de que ela era a sua lavadeira e isto causou-lhe uma funda impressão. À luz clara do dia ela parecia muito mais uma sílfide que uma pequena lavadeira; com seu corpo esguio e flexível, tão pouco próprio para este grosseiro trabalho quanto o teria sido sua mãe.

Mas, apesar de tudo, não via agora a lavadeira. Na frente dela, em torno de todo seu corpo, brilhava a mais viva e luminosa chama que ele tão bem conhecia! A ocupação da linda lavadeira, transfiguradora de sua verdadeira e mais íntima personalidade, tinha o mesmo valor na manifestação de sua natureza profunda, como as colunas e arcadas num castelo de fogo de artifício.

Ana Avícia saiu de casa, encaminhando-se por um caminho que ele desconhecia, sem dúvida para não ser vista. Isto não significava nada, pois ela não via nele senão um forasteiro; contudo, ele guardou esta observação como uma nova experiência. Não pôde aproximar-se dela no momento, contentando-se em vê-la de longe, procurando porém logo um pretexto para encontrá-la. Notou pequenas falhas em sua roupa e mandou chamar a lavadeira.

A despenseira exclamou procurando uma desculpa:

— É tão moça, a coitada! Depois da morte da mãe tem que trabalhar muito para conseguir manter-se, e é, por isso, que nós procuramos ajudá-la. Mas já vou chamá-la!

— Quero falar-lhe pessoalmente. Assim que chegar mande dizer-me.

Certa manhã em que ele respondia com um pequeno artigo a uma crítica injusta que lhe faziam à última obra, vieram avisá-lo de que a moça esperava por ele no vestíbulo. Dirigiu-se imediatamente para lá.

— Mandei chamá-la porque sou muito exigente quanto à lavagem de minha roupa e não quero que use potassa, observou severamente.

— Mas eu até nem sabia que se usava tal coisa, respondeu a moça num tom humilde e assustado, sem encará-lo.

— Está bem. Além disso o cilindro quebra os botões.

— Mas eu não tenho cilindro, senhor, murmurou Ana Avícia.

— Ah, ótimo. Contudo você põe muito borax no polvilho.

— Eu não o uso, respondeu Ana Avícia no mesmo tom humilde. Nem nunca ouvi tal nome...

Durante este diálogo, Pierston observava a moça, ou como diria um sábio de hoje, a Natureza estava formando os planos para uma geração por detrás de uma conversa sobre roupa branca. Pierston não podia discernir o verdadeiro caráter da moça, influenciado que se encontrava pela sua parecença com uma mulher que havia tão tarde aprendido a admirar. Não conseguia impedir-se de ver nela todas as qualidades que admirara na outra, e velar tudo o que destoava de seu conceito sobre a metempsicose.

Quanto à moça, demonstrava preocupar-se com o seu trabalho. Respondera às perguntas sem se lembrar de que era mulher e bonita.

— Eu conheci sua mãe, Avícia, exclamou Pierston. Lembra-se de eu tê-lo dito a você?

— Sim.

— Pois bem; aluguei esta casa por dois ou três meses... e você pode ser-me útil. Mora aqui perto, defronte ao muro do Castelo, não?

— Sim, moro, disse a moça, sempre no mesmo tom humilde.

Grave e serena, a encantadora fisionomia sempre impassível, a moça fez menção de retirar-se. Um estranho sentimento possuía Pierston ao contemplar esta figura que ele conhecia tanto, que num tempo passado revelara tanta vivacidade em sua presença, e que naquela mesma época o havia abraçado e beijado. Desprezara então aquele beijo, e no entanto era o mais delicioso que recebera em sua vida. E agora aquela imagem da mãe como a chamavam no lugar, aquela cópia perfeita — porque se mostrava indiferente?

— Sua mãe era mulher culta e de fina educação, não?
— Sim, todos o afirmam, senhor.
— Espero que você se pareça com ela.

A moça moveu maliciosamente a cabeça e voltou-se com a intenção de afastar-se. Pierston de novo a reteve:

— Oh, ainda uma palavra, Avícia. Como não trouxe bastante roupa branca queria que você viesse todos os dias.
— Está bem, senhor.
— Não se esqueça então de vir.
— Oh, não.

Afinal deixou-a partir. Ainda que ele fosse um citadino e ela uma simples ilhoa, a verdade é que se havia aberto, tal como uma anêmona no mar, sem contudo influir nada sobre a tranqüila natureza da moça. Ah, porque esta mulher, que encarnava uma tão cara lembrança para ele, se mostrava assim impenetrável? Seria acaso dele a culpa? Quem sabe se não o achava demasiado idoso para tratá-la como a um igual? E isto levou-o a verificar que de coração não envelhecera: ao contrário, sentia-se tão moço como na época em que cortejava a mãe... Passara-se o tempo, mas seus sentimentos haviam permanecidos intactos.

Quando se lembrava de seus contemporâneos — criaturas banais, repousadas, ligeiramente ridículas, antiquados senhores, eméritos na arte de povoar lares, escolas e colégios, sábios na difícil ciência de arrumar casamentos para as filhas — chegava a invejá-las, supondo que sentiam o que demonstravam com seus negócios, suas pequenas políticas, seus óculos de aro e seus cachimbos.

Haviam já transposto as perturbadoras correntes da paixão e navegavam as serenas águas da idade madura. Entretanto ele, contemporâneo deles, via-se atirado daqui para ali, como um barco ao sabor do influxo de cada desejo, tal como o fora vinte anos antes. E o pior era que agora compreendia melhor que tudo era vaidade.

Avícia fora-se embora; não tornara a vê-la naquele dia. E agora, que não havia pretexto algum para mandar chamá-la, ela se tornava tão inaccessível como se estivesse encerrada na fortaleza que se via no alto da colina próxima.

À hora do crepúsculo resolveu sair, encaminhando-se para os lados do Castelo de Red King, construído na encosta do rochedo, e que em comparação com o de Sílvânia era uma relíquia histórica. No fundo do porão do castelo jaziam enormes pedras, coladas, e algumas delas tinham gravados nomes e iniciais. Pierston bem conhecia aquele lugar e aquele velho divertimento; procurando à luz da lua, acabou encontrando dois nomes que ele próprio havia gravado quando era moço. Eram os nomes de *Avícia e Jocelyn*; o de Avícia Caro e o seu. Os nomes apresentavam-se já meio ilegíveis alterados pela mão do tempo e do mar. Mas não muito longe dali, em letras recém-gravadas, lia-se o nome de *Ana Avícia* junto ao de *Isaac*. Não podiam estar gravados a mais de dois ou três anos e provavelmente aquela Ana Avícia era a segunda Avícia. Mas, quem era Isaac? Sem dúvida algum admirador da moça.

Voltou Pierston, passando em frente à casa dos Caros, Ana Avícia encontrava-se dentro o que se podia concluir pela luz que se filtrava timidamente pelo vão da porta, porém a casa estava inteiramente fechada.

Todas as vezes que inesperadamente a moça ia ao Castelo, Pierston estremecia perdendo a serenidade, não apenas por causa da presença dela, mas pelo novo estado de espírito em que se sentia e que lhe parecia bastante perigoso. Quanto a Avícia, se a encontrava, esta não deixava transparecer a menor emoção ao contrário de seu original, que empalidecia ao vê-la. Ficava indiferente e quase sem dar conta de sua presença. Para ela, ele não era mais que uma estátua; ao passo que para ele, ela se tornava uma chama cada vez mais ardente.

Um temor sem nome invadia Pierston quando se entregava a seus pensamentos. Tremia. Que lhe aconteceria se ao fim da vida fosse condenado a expiar suas inconstâncias sentimentais (em sentido material), ficando preso por fatal fidelidade a um objeto que sua inteligência repudiava? Uma noite chegou a ver, em sonho, por detrás do obscuro rosto de Avícia, a própria "fazedora de Sortilégios", que se ria dele às gargalhadas com sua sarcástica fisionomia.

Não havia dúvida, a Bem-Amada ressuscitara. Perdera-a, mas eis que de novo a encontrava. E a transformação que nele próprio se operara deixava-o admirado. A Bem-Amada revelara-se com as mais diferentes classes sociais: desde a filha de um digno eclesiástico ou de um nobre até uma bailarina egípcia com seu chale ondulante ao som do tambor; mas todas estas encarnações revestiam-se de certa vivacidade, quer no corpo, quer no espírito: algumas com inteligência, outras com certa poesia. Enquanto que a nova personificação não possuía outra coisa além da sua simples beleza de mulher. Desconhecia por completo a maneira graciosa de usar um leque ou um lenço e talvez nem mesmo um par de luvas soubesse calçar...

Pensava; mas bastava rever a moça para que todos estes defeitos desaparecessem a seus olhos. Não, ela era inocente e pura, que mais queria? Pobre Aviciazinha! Era bem o retrato de sua mãe. E no final de contas, a família dela valia tanto quanto a sua; apenas a desgraça a havia feito decair. Por mais singular que parecesse, amava-a exatamente por suas deficiências. Que encanto para, ele a extrema juventude da moça! Junto dela sentia a mesma emoção remoçadora que experimentara com sua predecessora. Mas, — ai dele! — com relação a ela caminhara já vinte anos mais em direção da sombria região da morte...

CAPÍTULO VII

ESTABELECE-SE A NOVA

Dias depois, estando Pierston a olhar o parque de uma janela dos fundos, viu abrir-se a porta da casa e uma jovem sair rapidamente. Desapareceu para os lados em que trabalhava o jardineiro e dali a pouco voltou agitando um ramo verde em cada mão. Era Avícia; as negras tranças escapavam-se pelas abas do chapéu. Ia com ar indiferente e distraído e o pensamento sem dúvida a léguas de distância de Pierston.

Admirado, perguntava-se este como, tão de repente tornara-se empregada da casa, até que se lembrou de que havia concedido aos criados um dia de licença para irem assistir a uma revista de comediantes ambulantes na povoação costeira, com a condição de que deixassem no lugar uma criada interina. Evidentemente haviam chamado Avícia. E Pierston compreendeu, não sem um secreto prazer, que era bem mesquinho o conceito que as criadas faziam de suas necessidades, pois não acharam preciso outra pessoa além de Avícia. O Espírito, pois assim lhe pareceu Avícia, serviu o almoço para ele no próprio lugar em que escrevia, pondo-se ele a observar os modos com que ela se desembaraçava do trabalho. Em dado momento aproximou-se de uma janela para correr a cortina e ele pôde contemplá-la então de perfil. Assemelhava-se sem favor, a uma das três Graças de Rubens no "Julgamento de Páris" e nos seus contornos era quase a perfeição mesma. Assim inclinada, parecia-se menos à mãe que de frente.

— Foi você mesma quem preparou isto, Avícia? perguntou Pierston acordando de seu desvaneio.

Voltou-se, e num breve sorriso:

— Sim, eu mesma.

Bem conhecia ele os detalhes daquela branca dentadura. Entre dois dos dentes de cima notava-se uma pequena irregularidade. Nenhum estranho talvez a teria notado, nem tampouco ele se não fosse o acaso de ter-se lembrado de tal particularidade na mãe e agora o procurasse na filha, no mesmo lugar. Era a primeira vez, depois que a outra Avícia havia sorrido ao seu último beijo, que Pierston tornava a ver aquele detalhe...

Na manhã seguinte, enquanto se vestia, ouviu-a conversando com os outros empregados. Como para Pierston já era ela a Bem-Amada tanto tempo procurada, a Eleita, e não por iniciativa de sua parte, mas por influência de algum poder superior, atraíu-o a cadência de sua voz, que, de quando em quando, tinha inflexões brandas e apaixonadas; e então a monotonia habitual do tom desaparecia para dar lugar apenas ao coração e à alma, ou pelo menos tal parecia a Pierston. O encanto estava nos intervalos, dando a esta palavra seu sentido musical. Pronunciava certas sílabas em tom mais vivo e, em seguida, tornava a baixar até sua entonação natural. O diagrama dos sons de sua voz formaria um desenho mais artístico que qualquer linha de beleza das que traçara seu lápis.

Pouco importava a Pierston o que dizia Avícia na conversa — o que lhe interessavam eram as emoções dela. Até se esforçou mesmo para ouvi-la sem compreender o sentido de suas palavras. Tinha direito ao tom, não à conversa. E pouco a pouco chegou a não mais poder viver sem ouvir o som daquela voz.

Um domingo, ao cair da tarde, reparou que ela se dirigia à igreja. Saiu imediatamente à sua perseguição ao longo do caminho, sem tirar os olhos de seu pequeno chapéu, guarnecido com uma pena de pavão, como quem segue uma estrela. Ao entrar na igreja, procurou ver onde ela se sentara, postando-se pouco atrás.

Absorvido na contemplação de suas orelhas e de sua branca nuca, notou, entretanto, a presença de uma senhora sentada no lado oposto, cujas vestes, apesar de sóbrias e pretas, lembrava muito mais a tesoura de algum alfaiate de Londres que de alguma costureira daquela *última Thule*. A curiosidade fê-lo esquecer um instante a presença de Avícia. A mulher voltou a cabeça e, ainda que usasse véu bastante espesso para o verão, pareceu-lhe tratar-se da Senhora Pine-Avon.

"Que diabo poderia ela vir fazer aqui? Impossível que não seja ela", pensava Pierston.

Para o fim da cerimônia, a atenção de Pierston havia-se concentrado de tal forma em Avícia, que nem se lembrou, ao sair, de reparar na mulher de véu e quando se lembrou de fazê-lo, era tarde, seu lugar estava vazio.

Admitindo que fosse a senhora Pine-Avon, descobri-lá-ia facilmente em algum hotel da aldeia costeira. Com certeza viera apenas visitar a ilha, ou talvez... De resto aquilo pouco lhe interessava, para que preocupar-se com inúteis explicações?

Mal acabava de sair da igreja, quando o enorme olho extático, do farol começou a brilhar. Pierston afastou-se nessa direção para não se encontrar com Nicola — supondo tratar-se realmente dela — e com o resto de sua companhia. Mas a certa distância voltou para a direita, encaminhando-se para o castelo na esperança de ainda ver Avícia. Não a encontrou, e supôs que se adiantara demais. Ao chegar à porta do castelo Silvânia parou um momento e notou que a casa de Avícia estava às escuras, e que decerto não havia ainda chegado.

Voltou, porém não teve maior sorte. As últimas pessoas que passaram pelo caminho foram um homem e uma mulher, os quais, ainda que não os visse, compreendeu que eram casados, pelas palavras do homem:

— Então se não estivesses casada desfarias o compromisso comigo! Belas palavras nos lábios de uma esposa!

Estas palavras impressionaram desagradavelmente a Pierston; voltou para casa. A casa de Avícia estava agora iluminada. Decerto ela dera a volta por outro caminho. Ele, satisfeito de a ver sã e salva, recolheu-se a seu quarto.

Para os lados de leste, o mar havia bizarramente escavado os rochedos e a vista que oferecia este lado da Costa era das mais pitorescas que se possa imaginar. Um dos pequenos portões do parque do castelo abria para este lado. Fora, havia uma cisterna que outrora abastecera dágua os habitantes do arruinado castelo de Red-King e suas imediações. Por certa manhã de sol, encontrava-se Pierston entregue a seus pensamentos nesse lugar, quando notou abaixo, na praia, a silhueta de uma mulher que estendia roupa sobre as pedras.

Desceu; como havia pressentido era Avícia que, absorvida em seu trabalho, nem o vira. Seus torneados braços rosados ainda que magros, eram bastante roliços para mostrar uma covinha nos cotovelos e a brisa do mar realçava a sua beleza agitando alegremente o seu pobre vestido vermelho. Pierston se aproximou sem dizer nada. O vento fez rolar uma pedra que segurava a manga de uma camisa; Pierston abaixou-se, colocando outra mais pesada.

— Muito obrigada, fez ela serenamente, voltando para ele os seus grandes olhos castanhos como se lhe agradasse a sua presença.

Tão absorvida estava em seus melancólicos pensamentos, a julgar pelas aparências, que até ali não havia notado a chegada dele.

A moça continuou a conversar com Pierston sem timidez nem entusiasmo; num tom de amigável franqueza.

Quanto a amor, estava este pensamento tão longe dela quanto a idéia da morte.

Esforçava-se Ana Avícia por estender uma peça de roupa, quando Pierston lhe falou:

— Estenda no chão, que eu porei as pedras por cima.

Assim fez ela, e ao ir Pierston colocar a pedra, tocou naturalmente na mão dela.

Era uma graciosa mão, longos dedos em fuso, úmida e fria devido ao trabalho de lavadeira. Ao colocar a última, deixou-a cair sem querer na mão dela.

— Oh, perdão! Machuquei-a, Avícia! Exclamou ele.

E tomou-lhe os dedos para examinar o mal que havia feito.

— Nada, senhor, não foi nada, respondeu a moça, abandonando com naturalidade a mão. Isto que está vendo não foi agora, foi hoje pela manhã com um alfinete. O senhor não me fez mal algum com a pedra!

Ainda que vermelho o seu vestido, tinha em uma das mangas o fumo de luto. Pierston, que o notou, sentiu-se triste.

— Você ainda visita a sepultura a sua mãe?

— Sim, algumas vezes. Esta tarde mesmo preciso ir lá tratar das margaridas.

Ela acabara o trabalho; separaram-se. À tarde, hora em que o sol se punha, ele passou pela porta de Ana Avícia. As cortinas estavam corridas e viu-a costurando na sala. Mal se pusera ele a contemplá-la de fora, ela se ergueu como se, de súbito, lembrasse que devia ir a algum lugar. E pondo um chapéu, saiu. Jocelyn caminhou na frente, e encontrava-se já à meia distância, quando voltando-se para trás, viu a pequena silhueta da moça.

Procurou Pierston passar adiante das moças e rapazes que, em alvoroço, tiravam água dos poços ao longo do caminho, dirigindo-se para a igreja. Já o sol se escondera de todo e o farol da ponte de Beal cortava o céu de instante a instante, iluminando a sombria e pesada massa da igreja, que se erguia ao fundo. Foi neste lugar que se pôs a esperar por ela.

— Você gostava muito de sua mãe? perguntou-lhe, ao aproximar-se como se fizesse um cumprimento.

— Como não?! respondeu ela, caminhando com rapidez; e ele teve a impressão de que podia levá-la na mão como uma leve pena...

Pierston quis acrescentar: "Também eu a amei!", mas calou-se a tempo. Era melhor não lhe revelar fatos antigos que ela decerto ignorava. Ana Avícia pôs-se pensativa e disse:

— Minha mãe sofreu um grande desgosto quando tinha a idade que eu tenho hoje. Oxalá não me aconteça o mesmo! Seu namorado abandonou-a só porque uma vez se recusou a encontrar-se com ele. E esse fato deixou-a inconsolável para o resto da vida... Ah, eu é que não ia sofrer por causa dele, o traidor! Nunca pronunciou seu nome; mas não tenho dúvida de que era um homem sem sentimentos. Nem gosto de pensar nele!

É claro que depois disto não podia ir com ela ao cemitério — dirigiu-se sozinho para o extremo sul da ilha. E durante horas a fio sentiu-se abatido, terrivelmente miserável, pois esta vingança parecia-lhe imerecida: que havia ele cometido, em última análise, para ser atormentado dessa forma? Como pagava caro suas fraquezas! A Bem-Amada, depois de ter abandonado as formas de Nicola Pine-Avon pelo fantasma de uma criatura morta, a quem jamais amara, ressurgia agora na sua representação viva, aquela segunda Avícia, com uma persistência que a absoluta e fria indiferença da moça tornava insuportável, doloroso...

Desejava casar-se com aquele pedacinho de mulher? Sim, este desejo nascera nele ultimamente. Verdade é que, à medida que a ia observando, descobria-lhe defeitos, além de suas deficiências sociais. Apesar de se sentir apaixonado, o bom-senso advertia-o de que o temperamento dela era mais frio e de caráter mais vulgar que a primeira Avícia, culta ao menos e de serena compreensão. Mas vinte anos provocam diferenças nos ideais, e as crescentes exigências da idade madura, quanto ao físico, faziam as suas concessões à parte espiritual. Olhou-se ao espelho e sentiu-se então satisfeito com as deficiências interiores de Ana Avícia, que de início o haviam impedido de repeli-la.

Como encarava a sua loucura atual diferentemente de seu amor passado! Hoje, podia ser louco metodicamente, sabendo perfeitamente em que se consistia a loucura; outrora, procurava convencer-se de que sua loucura era a própria sabedoria. Naquele tempo remoto, o menor clarão de consciência ao considerar as relatividades da Bem-Amada, desapareceria com a mesma rapidez que se apresentara; agora, a clara visão dos fatos nem o perturbara... Bem sabia que era vítima de uma inclinação e passivamente se resignava a ela.

E, do ponto de vista prático, tinha a obscura intuição de que esta família Caro — ainda que não pudesse criar nem mesmo dentro de séculos uma individualidade capaz de completar sua natureza incompleta para formar um todo perfeito — era a única família indicada, entretanto, para realizá-la. Continuando esta metáfora: era como se os Caro tivessem encontrado a argila, mas não o oleiro; enquanto que as outras famílias, cujas filhas podiam atraí-lo, haviam encontrado o oleiro, mas não a argila...

CAPÍTULO VIII

DIANTE DA PRÓPRIA ALMA

Das janelas de seu castelo, do parque e das pedras próximas, podia Pierston observar os menores gestos da jovem Ana Avícia, que para ele era o Espírito do Passado, cujo resplendor o remoçava vinte anos.

Assim, notou que ela se mostrava triste quando chovia; e se, após um monótono dia de chuva, um raio de sol brilhava entre nuvens pesadas, era intenso o seu contentamento, o seu passo rápido e feliz.

Isto o deixava pensativo; além disso notava que se em tais ocasiões procurava ir a seu encontro, ela se desviava dissimuladamente. Uma tarde em que Ana Avícia saíra de casa, dirigindo-se para os lados da aldeiazinha que ficava nas faldas da colina, encaminhou-se na mesma direção, resolvido a esperar a sua volta na estrada que ligava aquele lugar à Pedreira de Leste.

Alcançou Pierston o alto do velho caminho onde começava a descida para a aldeiazinha, mas a moça não aparecia. Resolveu então voltar-se passando pela estrada, chegando até perto de seu castelo; mas de novo voltou, pondo-se a andar pelos pedregosos caminhos da ilha. Sobre sua cabeça, no alto, as estrelas ardiam e o farol da ponta de Beal brilhava, cumprindo seu perene dever; o holofote iluminava um banco de areia e, à distância, para os lados de sudoeste, erguia-se a igreja onde dormiam para a eternidade os antepassados da ilha.

Chegou até o alto da áspera colina, até que, exausto de corpo e espírito, teve a impressão de que ouvia o sibilo das pedras atiradas pelos antigos piratas e a gritaria dos conquistadores dizimando os vencidos e tomando suas mulheres e filhas de cuja união nascera Ana Avícia, última flor de tantas raças misturadas. Mas ela não aparecia. Ao cabo, descobriu um pequeno ponto negro ao longe; reconheceu-a, e mais pelo seu andar que pela sua silhueta.

Quantas vezes os imateriais sonhos não reduzem as mais belas coisas materiais! No entanto aqui, entre os dois infinitos, o céu e o mar, a minúscula individualidade de uma lavadeirazinha dilatava seus sentimentos até o extremo possível, enquanto que o maravilhoso fundo do cenário desaparecia por completo a seus olhos!

Súbito, a silhueta desapareceu; Pierston voltou-se para todos os lados — ninguém. Ao lado do caminho, em certo ponto, havia um muro, mas não era provável que a moça o tivesse escalado sem dificuldade. Aliás, para que o iria fazer? voltou-se para trás e de novo a viu um pouco adiante do caminho.

Pierston apressou-se a alcançá-la, enquanto Ana Avícia parou a observá-lo. Quando se aproximou dela viu que era a custo que dominava o riso.

— Então, que quer dizer tudo isto, minha cara pequena? fez ele com impaciência.

Sem poder conter-se, a moça respondeu:

— Quando há duas horas o senhor me seguia na direção de Street of Wells, eu o notei e escondi-me atrás de uma pedra. O senhor passou por mim e nem me viu. E ao voltar encontrei-o de novo no mesmo lugar como quem espera; foi então que deslizei por cima do muro para tomar-lhe a frente. Se eu não tivesse parado olhando o mar, como fiz, o senhor não teria nunca me alcançado.

— Bem, e por que faz você tudo isso, meu duendezinho?

— Por que?! Ora, para que não me encontrasse.

— Isso não é motivo. Dê-me outro, querida Avícia!

Ela hesitava.

— Vamos! insistiu ele.

— É que... é que eu pensava... não sei se me engano... que o senhor queria me namorar.

— Que estranha idéia! Bem, e se eu em tal pensasse, seria aceito?

— Agora não... Nem mesmo se o houvesse feito há mais tempo.

— Mas por que?

— Será que não vai zombar de mim se lhe disser o motivo?

— Nunca.

— Pois bem, então vou confiar-lhe a verdade, disse ela tomando um tom sério. É porque me canso logo de meus namorados depois que os conheço. O que eu amo em um rapaz durante certo tempo, depressa desaparece para ir fixar-se em outro; a seguir, o que eu admito segundo passa a um terceiro e assim vou caminhando atrás dessa coisa que não vejo se fixar em nenhum. Imagine que já gostei de quinze! Sim, quinze; até sinto vergonha em confessá-lo, mas é a pura realidade, disse ela sorrindo. Que quer, juro-lhe que não posso remediar isto. De minha parte, é sempre o mesmo ser que eu amo neles, ainda que o veja sempre desaparecer. E acrescentou não sem uma certa inquietação: espero que não diga isto a ninguém, não é? Tenho medo de que, se acaso o saibam, ninguém me queira mais, ninguém me namore.

Petrificado de admiração, Pierston calava-se. Como! Então aquela obscura moça sem cultura era, também ela, possuída pela marca de um impossível ideal, tal como lhe vinha acontecendo há vinte anos? Ela agia assim por uma necessidade de sua natureza, ela própria surpresa desta singular maneira de ser. Lembrou-se no mesmo instante do juízo que sobre ele podia a moça fazer, e falou, o coração batendo:

— E... sou acaso um deles?

Ana Avícia refletiu judiciosamente e respondeu:

— Sim, foi; mas durante uma semana apenas, quando pela primeira vez o vi.

— Somente durante uma semana?

— Mas ou menos isso.

— E por que motivo o ser de sua imaginação abandonou a minha pessoa, partindo para outro?

— Foi porque... porque apesar de início eu o ter chamado simpático...

— Bem, e daí?

— Notei a seguir que era muito velho...

— Como você é franca!

— Mas não foi o senhor mesmo quem me interrogou? disse Ana Avícia.

— Sim, sim, fui eu! E agora que me respondeu, não serei mais importuno. Está ficando tarde, vá logo para casa antes que a noite caia.

Pouco depois recolhia-se ele à sua. E uma vez em casa, entrou a considerar este ponto. Aquela procura ansiosa da Bem-Amada tornava-se afinal uma espada de dois gumes. Uma coisa era ser o que procura e outra o cadáver abandonado por seu antigo morador exatamente em que, por dolorosa ironia do destino, ele acabava de transformar-se.

De sua janela, sentiu um forte cheiro de fumo e reparou em dois vultos de pessoas no pequeno atalho que levava à casa de Ana Avícia. Não entraram porém na casa, seguindo para a frente pelo estreito caminho que conduz a Red-King Castle e ao mar. No mesmo instante um pensamento lhe atravessou o espírito — sem dúvida, algum vulgar admirador de Avícia! Mas uma pequena frase que lhe chegou aos ouvidos levou-o a identificar naqueles homens os dois companheiros que encontrara há algum tempo antes.

No dia seguinte concedeu nova folga aos criados com o fim de ter no Castelo a linda Ana Avícia, pelo menos durante algumas horas. Queria observá-la melhor. Ao correr ela as cortinas, ao cair da tarde, ouviu-se um singular assobio vindo de um dos lados do jardim. Pierston notou que a moça se tornava ligeiramente corada, ainda que continuasse o serviço como se nada houvesse acontecido, e compreendeu que ela não somente tivera quinze namorados, senão que agora tinha mais um. Contudo, quem sabe se não se enganava? Resolvido a fazer de Ana Avícia sua mulher, malgrado todos os inconvenientes de um tal casamento, decidiu descobrir o mistério. Se conseguisse convencê-la (e como podia uma camponesa deixar passar tão boa oportunidade), ele a mandaria para um colégio durante uns dois ou três anos, casar-se-ia com ela, depois ampliaria os horizontes de seu espírito com algumas viagens, leituras, enfim o resto correria por conta dela própria... Quanto à falta de entusiasmo que sentia por ele, em tão chocante contraste com o afeto de sua mãe, não podia esperar senão isso um homem vinte anos mais velho que a noiva: e ele se resignaria à posse desta criatura na qual parecia estar condensado, como um perfume, todo o encanto de sua mocidade e de sua doce terra natal.

CAPÍTULO IX

JUSTAPOSIÇÕES

Era uma tarde triste e pesada; Pierston seguia ao longo do abrupto caminho das Cisternas. De cada lado deste, moças enchiam seus cântaros nas fontes borbulhantes; e por detrás das casas que formavam o vestíbulo da rocha, levantava-se o maciço frontal da ilha, encimado naquele trecho de numerosos redutos como uma coroa natural.

À medida que se alcança o extremo do caminho, a subida torna-se de todo impraticável: o declive é quase vertical. Neste rochedo escarpado, a vereda aparece apenas como estreita fita parda, tem-se a impressão de que, se esta enorme massa de súbito se desprendesse, achataria todas as aldeias da planície. Mas logo se nota que o caminho, uma antiga estrada romana da península, faz voltas em ângulos ao sopé do declive e sobe de novo pela direita. À esquerda sobe outro caminho, de construção moderna, quase tão em declive quanto o primeiro e perfeitamente reto. É o que leva aos fortes.

Chegado a esta bifurcação, Pierston parou a respirar um instante. Antes de tomar pela direita, que era o seu pitoresco caminho, esteve contemplando o caminho que, pela esquerda, conduz às fortificações e que nada apresentava de realmente interessante. Era novo, amplo e regular, estreitando-se aos poucos até um ponto imperceptível como numa aula de perfeita perspectiva. À meia distância, distinguiu Pierston uma moça sentada à margem com um cesto de roupa branca. Pela espécie da carga e pelo seu chapéu não demorou em reconhecer Ana Avícia, que aliás não havia reparado nele. Deixando então o caminho da direita, dirigiu-se lentamente pelo rumo que ela acabava de tomar.

Observou Jocelyn que a atenção da moça estava evidentemente voltada para alguma coisa mais adiante e tratou de seguir a direção de seu olhar. Acima deles erguia-se o maciço de pedra coberto de vegetação, aplainada no alto para fins militares. A linha do horizonte mostrava-se quebrada de lugar em lugar por minúsculos pontos escuros: eram as guaritas. Perto de uma delas, uma pequena silhueta vermelha se movia em monótono vai e vem contra o outro fundo do céu.

Compreendeu Pierston que Ana Avícia estava namorando algum soldado.

Nesta altura ela voltou a cabeça, notou-o e apanhando o cesto de roupa, continuou a subida. Tão abrupta era a encosta que, mesmo sem carga, perdia-se o fôlego; evidentemente o cesto de roupa era para Ana Avícia um verdadeiro suplício.

— Com esse peso você não chegará nunca aos fortes, disse Pierston, aproximando-se. Dê-mo que eu o levo.

Ela recusou com firmeza; ele deixou-se ficar, olhando-a subir a escarpada encosta.

Era bem um ser maravilhoso! Ela encarnava a seus olhos, nesse momento, todo o seu sexo. E no seu entusiasmo, ele não mais a viu tal qual era — simples e banal — mas de si para si murmurou com paixão:

"... revestida de tão excelso resplendor,
ei-la que os próprios olhos nos ofusca".

Mas — ai dele! — que era ela ao certo para aquele soldado? Ana Avícia ia-se tornando cada vez menor ao longo do caminho geometricamente reto, os olhos sempre fixos no soldado, como os de Pierston sobre ela. Distinguiu as sentinelas que vinham a seu encontro de diferentes pontos, enquanto ela subia. Mas, reconhecendo-a, deixavam-na passar tomando de novo seus postos. — Ela atravessou a ponte-levadiça por cima do fundo abismo que circundava a fortaleza, e desapareceu no interior através das arcadas. Do lugar em que se encontrava, Pierston no momento não via a sentinela e a idéia de que seu possível rival conversava tranqüilamente com a filha abandonada de sua querida Avícia tornou-se insuportável para ele; talvez mesmo, pensou, ele a estaria acompanhando pelo interior da fortaleza, levando-lhe o cesto e cingindo com seu rude braço a delicada cintura da moça.

— Que diabo está olhando aí, como se estivesse em êxtase?

Pierston voltou a cabeça, vendo em sua presença o velho amigo Somers.

— Oh, Somers, se não me sentisse tão satisfeito em vê-lo, começaria perguntando-lhe que diabo o traz aqui!

Somes disse que viera para ver o que retinha o amigo em lugar tão fora de mão naquela época do ano e, eventualmente encher os pulmões de ar puro. Pierston deu-lhe as boas-vindas, apressando-se em voltar com o amigo para o Castelo de Silvânia.

O pintor reatou o fio da conversa, dizendo:

— Mas então, se não me engano, você olhava insistentemente para uma lavadeirazinha que subia com um cesto de roupa...

— Sim, de seu ponto de vista, não do meu. Por detrás dessa linda pequena ilhoa — para os outros — oculta-se a minha Idéia, para falar em linguagem platônica, a essência e síntese de tudo quanto é desejável na vida... Estou sob o signo de uma condenação, Somers. Sim, condenação, eis a palavra. Seguir sempre um fantasma de mulher que foge já é grande desgraça; mas agora o mais terrível é que o fantasma não se desvanece, como aconteceu com outras, ao contrário, teima em torturar-me, apesar de aproximar-me dele. Essa pequena me seduz, ainda que sinceramente me reconheça um insensato.

Somers percebeu o sonhador olhar do amigo, que ao passo que se passavam os anos, mais se acentuava em vez de amortecer.

Ao chegar ao Castelo, Somers lançou um olhar para a paisagem; de sua parte, Pierston exclamou, apontando para a linda casinha de estilo do tempo da Rainha Isabel:

— Mora ali.

— Que lugar romântico! Bem compreendo agora que em tal sítio um homem se apaixone por um espantalho!

— Mas tal não aconteceria a uma mulher. A elas nada importa a paisagem, ainda que pretendam o contrário. Essa pequena é tão volúvel quanto...

— Também você o foi em outros tempos.

— Sim, de seu ponto de vista. Aliás ela própria me observou a mesma coisa ainda que um tanto ingenuamente. Como isso me faz sofrer!

Pensativo, Somers calou-se um instante, e murmurou a seguir:

— Bem, tudo isso é apenas uma troca de papéis. Mas... será que realmente você pensou em casar-se com ela, Jocelyn?

— Por que não? Se ela quisesse, amanhã mesmo. Que me importam a mim fama, glória, sociedade, a mim, descendente de piratas e contrabandistas como ela? Além disso, conheço-a até à sua última fibra. Sei de que perfeito e puro bloco foi modelada e isto me deixa perfeitamente confiante.

— Nesse caso, acabarás ganhando a partida.

Jantaram juntos os dois amigos; estavam naquela noite sentados a conversar, quando se ouviu um assobio vindo dos lados dos rochedos. Somers não deu conta, mas a Pierston não passou desapercebido. Aquele assobio fazia-se ouvir sempre à mesma hora, quando Ana Avícia se encontrava de serviço no castelo.

Pierston pediu licença por um instante ao amigo, descendo ao parque já escuro; um surdo ruído de passos abafados pelo vai-e-vem das ondas, chegou-lhe aos ouvidos. Um momento depois, compreendeu que a moça se deixava beijar por um sujeito qualquer — ela a quem ele mal ousava encarar, comovido por sua juvenil beleza.

Perfeitamente senhor de tudo, recolheu-se sem demora ao castelo. Na manhã seguinte, Somers saiu sem destino, disposto a pintar uma "marinha" e aconteceu que, quando Pierston o foi buscar, encontrou-se com Ana Avícia.

— Muito bem, então arranjou um namorado, hein! disse-lhe Pierston muito gravemente.

Ela confirmou de boa sombra.

— E você o ama? insistiu ele.

— Tenho a impressão de que esse poderei amar, respondeu a moça num tom significativo, que entretanto escapou a Pierston. Há tempos, prosseguiu ela, que brigamos e estávamos separados, mas agora fizemos as pazes.
— Quero admitir que seja um bom rapaz, não? — Razoavelmente bom para mim.
— Sem dúvida simpático...
— Razoavelmente simpático para mim.
— Educado e instruído?
— Razoavelmente educado e instruído para mim.

Pierston não conseguiu desconcertá-la e, em desespero de causa, deixou-a. No dia seguinte era domingo; tendo Somers escolhido outro lugar para pintar, exatamente no extremo oposto da ilha, resolveu Pierston conhecer à tarde o namorado de Ana Avícia. Ela havia saído de casa; Pierston dirigiu-se então para o farol de Beal onde os namorados costumavam encontrar-se. Na estrada deserta, diante das pedreiras, um rapaz, pela aparência um operário, levava Ana Avícia pelo braço.

Ela tomou um ar de pessoa culpada e tornou-se muito vermelha ao ver Pierston. O rapaz era um vulgar tipo de ilhéu, de traços enérgicos e graves, o rosto emoldurado por uma barba negra.

Pierston teve a impressão de surpreender nele um olhar de malícia com relação a situação em que se encontravam.

Certo, a namorada o informara detalhadamente do amor que Pierston lhe demonstrava. Essa moça, que, por amor à sua mãe, mais que por suas próprias qualidades, ele se sentia disposto a defender como a menina de seus olhos — como podia ela desprezá-lo até esse ponto?

A mortificação de se ver atirado em tal posição, impediu-o de notar, no momento, um fato que o impressionou mais tarde. O rapaz em cujo braço se apoiava Ana Avícia não era soldado. Assim, por que olhava tão extasiadamente para a sentinela? Não era possível que pudesse tão rápido mudar de afeição; ou, para aplicar a ela a sua própria teoria, seu Bem-Amado dificilmente podia ter mudado de morada em tão curto espaço de tempo. Afinal, qual deles assobiara na véspera desde os rochedos?

Sem se preocupar em ir buscar Alfredo Somers, Pierston voltou para casa com o triste pensamento de que aquela intenção de reparar com o original a falta cometida, casando-se com a cópia e elevando-a (o que emprestava a seu novo amor uma duração maior), era constantemente impedida, como decreto de um funesto destino...

À porta do Castelo Silvânia, um veículo estava parado. Notou que não se tratava de um dos vulgares coches da ilha, mas de uma carruagem das que faziam ponto no outro lado da baía. Admirado de que o visitante houvesse se apeado à porta, em vez de introduzir-se pelo parque com a carruagem, entrou, indo encontrar Nicola Pine-Avon a esperá-lo no salão.

Ao primeiro olhar pareceu-lhe graciosa, quase bela em suas roupas elegantes; olhando-a melhor notou sua palidez, certa inquietação não longe mesmo daquela que, sentada em seu salão de Hamptonshire Square, o havia outrora gelado com sua solene atitude!

Enquanto Pierston lhe apertava a mão, ela falou em voz baixa e suplicante, erguendo para ele suas lânguidas pálpebras.

— Que surpresa, não? Mas que quer, não podia evitá-lo. Bem sei que cometi uma ofensa contra você, não é? Mas... mas que poderia fazê-lo vir meter-se assim neste lugar solitário, no meio de selvagens, justamente em plena estação londrina?

— Não me ofendeu, querida senhora Pine-Avon, respondeu Pierston. Oh, como sinto que assim haja julgado! Contudo, por outro lado, me sinto satisfeito que tal suposição a tenha afinal trazido até aqui.

— Vim passar uns dias em Budmouth-Regis, explicou ela.

— Então... quer dizer que foi a senhora a quem vi há dias atrás na igreja?

Nicola tornou-se ligeiramente vermelha e suspirou.

Os olhos de ambos se encontraram. Por fim disse ela:

— Não compreendo porque não se mostra você sincero. Bem sabe o que isto significa. Antigamente era eu a mais forte; hoje... hoje não mais o sou. Lamento qualquer ofensa que tenha cometido, e estou resolvida a reparar todos os erros do passado, esforçando-me... esforçando-me por salvar o futuro.

Era impossível da parte de Jocelyn não sentir uma impulsiva ternura por esta simpática mulher que, afinal, representava um esplêndido partido, socialmente falando, para ele. Tomou-lhe as mãos segurando-as por instantes entre as suas; ela animou-se de uma viva expressão de felicidade. Mas não, não pôde ir mais longe. A jovem ilhoa, com sua domingueira blusa e seu guarda-sol enfeitado com penas de faisão, prendia-o como uma pesada corrente. Soltou as mãos de Nicola.

— Amanhã vou-me embora de Budmouth, disse ela. Foi por isso que vim. Não sabia que eu costumava passar aqui os dias da Páscoa de Pentecostes?

— Não; não sabia, do contrário ter-lhe-ia feito uma visita.

— Eu não quis escrever-lhe, mas agora sinto não o ter feito.

— Também eu lamento que não me tivesse escrito, querida Senhora Pine-Avon.

Mas ela desejava que a chamasse familiarmente de Nicola.

Despedindo-se dela ao pé da carruagem, disse-lhe Pierston que dentro em breve estava de volta à Londres e que então iria vê-la.

Ora, no momento exato em que lhe dizia isto, passou Ana Avícia, agora sozinha, e junto à carruagem pelo lado oposto. Não voltou a cabeça nem olhou os cavalos como se de todo lhe fossem indiferentes aquelas coisas.

Pierston ficou petrificado. Sua atitude para com Nicola ressentiu-se imediatamente. Uma frieza se interpôs. Que não passava de um insensato, ele bem o sabia. Mas se debatia nas garras desta paixão. Interessavam-lhe muito mais as pontas dos dedos de Ana Avícia que a pessoa inteira da Senhora Pine-Avon.

Sem dúvida Nicola percebeu isto, pois observou tristemente:

— Fiz o que pude! Estava convencida de que a única compensação de minha crueldade no dia em que me fez aquela visita, seria vir aqui em humilde atitude de súplica...

— Isso é muito belo e nobre de sua parte, minha querida amiga, exclamou Pierston num tom mais cortês que entusiasmado.

Despediram-se; a carruagem pôs-se lentamente em movimento. Pierston não tinha olhos senão para Ana Avícia e sentia-a agora definitivamente em suas mãos.

A igreja da ilha elevava-se perto das ruínas do velho templo pagão; quem sabe se o espírito cristão não o torturava para vingar-se da devoção que, tal como Demétrio de Éfeso, ele dedicava em seu coração aos falsos deuses? Teria chegado afinal a divina punição de suas idolatrias?

CAPÍTULO X

CONTUDO NÃO SE DESVANECE

Mal acabava Pierston de se aproximar do Castelo, quando o alcançou Somers, acompanhado por um homem que lhe carregava os petrechos de pinturas. O homem pousou a carga, entendeu-se com Somers, e partiu. Uma vez a sós, os dois amigos puseram-se a passear antes de recolher ao Castelo.

— Encontrei no caminho uma mulher extremamente interessante, falou o pintor.

— Ah, é ela! Um espírito, uma sílfide. .. Psiché em pessoa!

— Fiquei surpreso ao vê-la.

— Isso prova apenas que a beleza pode existir sob as mais simples aparências.

— Sim, ainda que nem sempre. E não é aqui o caso, pois as vestes da dama eram da última moda e de fino gosto.

— Oh, você se refere à mulher que ia na carruagem?

— Naturalmente. Como, então pensava que me referia à linda camponezinha da casa vizinha? Também a vi; mas que vale? É certo que serviria para modelo de uma pintura do gênero, mas dificilmente para esposa. Aquela dama...

— É a Senhora Pine-Avon. Uma encantadora e amável mulher, muito orgulhosa, capaz entretanto de atitudes que outras sem orgulho nem se atreveriam a pensar.

Amanhã deixa Budmouth, e veio visitar-me. Você bem sabe o que houve em outros tempos entre nós... Mas agora, estou convencido, não sirvo para mulher alguma. Foi mais generosa para comigo que eu para com ela. Não tenho a menor dúvida, ao cabo se casará com algum imbecil perfeitamente indigno dela...

— Você acha? murmurou Somers. E, passado um instante, acrescentou vivamente:

— Casar-me-ia com ela, se me aceitasse. Ela me agrada bastante.

— Gostaria de ver você casado, Alfredo! Sobretudo com ela. Há muito que ela alimenta a idéia de afastar-se da sociedade e recolher-se exclusivamente ao mundo da arte. É mulher de personalidade e belos sentimentos. Estou verdadeiramente preocupado com o seu destino. Não garanto que você seja feliz na conquista, nem me ficava bem afirmá-lo, mas... experimente. Eu podia pô-los em contacto, se você quisesse.

— Casar-me-ia com ela, se me aceitasse, repetiu Somers.

E com a sua fleumática certeza, Somers acrescentou: — Quando se resolver a casar faça-o com a primeira mulher bonita que lhe aparecer. Todas se parecem.

— Você não a conhece! replicou Jocelyn que, incapaz de amar a Senhora Pine-Avon, podia ao menos ser justo para com ela.

— Mas você a conhece, e julgá-la-ei de acordo com sua palavra: É de fato bonita? Vi-a apenas de relance. Mas quero crer que sim, do contrário você não se teria interessado por ela.

— Pode acreditar no que lhe digo: é bonita de perto quanto de longe.

— Qual é a cor de seus olhos?

— Os olhos? Nunca me preocupo com tais detalhes, pois, por ofício, não me interessam senão as formas. Mas, espere que já recordo. Sim, devem ser cinzentos e os cabelos mais para o claro que para o escuro...

— Preferia que fossem pretos, disse Somers sorrindo. Há tantas louras entre as inglesas! Bem, bem, estou falando isso por falar. Agrada-me deveras essa mulher.

Somers regressara a Londres. O dia mostrava-se chuvoso na pequena península, o que não impedia Pierston de fumar o seu cigarro no terraço coberto do castelo. De momento em momento chegava até ele o ruído da voz de Ana Avícia, quando aparecia à porta de sua casa, no atalho vizinho ao muro do castelo. Naquele instante, observou que não havia modulação alguma em sua voz. Bem sabia o que isso significava: Ana Avícia queria sair mas não podia. Havia notado que, todas as vezes que resolvia fazer um passeio, sua voz tomava uma inflexão particular como o arrulhar de pomba, conseqüência, sem dúvida, da influência de seus pensamentos. Não pensaria então em seu namorado? Seu namorado, ou seus namorados? Não não podia ser assim. Ela era pura. Mas, por que dois homens em sua vida? Quem sabe se o trabalhador das pedreiras não era um parente?

Assim conjeturava quando, atravessando o atalho, notou a presença de um desses uniformes vermelhos em que justamente estava pensando. Era raro deparar-se com soldados nestes sítios da ilha; quando deixavam o forte, quer para fazer ronda, quer para se distrair, encaminhavam-se sempre para a aldeia, em direção oposta. Evidentemente este homem tinha alguma intenção secreta. Pierston pôs-se a observá-lo. Era um galhardo rapaz de rosto redondo e olhos pretos, um tanto humorístico, pois seus bigodes davam a impressão de um par de peixes, exatamente dos que, por sua diversidade de cores, chamam de "vários". Na cabeça trazia uma casquete de Glengarry. Foi intolerável para ele a idéia de que os lábios deste rapagão tocasse a delicada face de Ana Avícia, pessoa vulgar que nenhum combate havia enobrecido, ao menos numa escaramuça contra indefesos selvagens.

O soldado passou diante da casa, examinou a porta, em seguida se dirigiu para os lados dos rochedos, onde um atalho levava ao forte. Mas tornou a voltar, passando ainda uma vez diante da casa. Como Ana Avícia não aparecesse, afastou-se afinal.

Pierston não tinha certeza se a moça se encontrava em casa, pelo que atravessou o atalho e bateu de leve na porta, que estava aberta.

Ninguém deu resposta; mas ouvindo um ruído no interior, entrou. Ana Avícia encontrava-se sozinha, sentada num tamborete, a um canto, como quem procura não ser percebida. Levantou os olhos para Pierston sem emoção nem surpresa, mas pôde ver que chorava. Comoveu-se profundamente ao ver pela primeira vez o sofrimento da abandonada moça, a quem se sentia ligado por laços de uma delicadeza e ternura muito fortes. Entrou sem cerimônias.

— Avícia, minha pequena, disse Pierston, por que chora você?

Ela dirigiu-lhe um olhar significativo; Pierston insistiu:

— Vamos, fale! Talvez eu possa fazer alguma coisa, fale!

— Não posso, murmurou Ana Avícia. Grammer Stockwool está aí em cima e ouvirá.

Grammer Stockwool era uma velha que, após a morte da mãe de Ana Avícia, viera morar com ela.

— Pois então venha à minha casa, que lá se poderá conversar à vontade.

Ana Avícia levantou-se, pôs o chapéu, e acompanhou Pierston até a porta, pedindo-lhe que verificasse se o lugar estava deserto; como ele verificasse que sim, dirigiram-se para o castelo por um portão dos fundos.

O lugar era deserto e sombrio, ainda que se pudesse ver o mar alguns metros adiante e se ouvisse o seu incessante rumor. Do galho das árvores, aqui e ali, pingavam, gotas dágua; mas a chuva não era forte a ponto de molhá-los.

— Agora conte-me tudo, disse ele com doçura. Fale com franqueza! Você bem sabe que fui amigo de sua mãe, ou melhor que a conheci, e que desejo sê-lo igualmente de você.

Não quis ir mais longe, receioso de se revelar à moça como antigo infiel namorado de sua mãe. Mas Ana Avícia não sabia o nome dele.

— Nada posso dizer-lhe, senhor, respondeu ela afetando má vontade, senão o que se refere à minha versatilidade. O resto é segredo alheio.

— Lamento-o, disse ele.

— Vejo-me em risco de apaixonar-me por uma pessoa na qual nem devo pensar, que seria mesmo minha desgraça. Só me resta uma coisa: preciso sair daqui.

— Da ilha?

— Sim, da ilha.

Pierston refletiu. Eis que há tanto tempo o reclamavam em Londres e ele ia adiando cada dia a sua partida, retido ali por seu amor. Partir com ela? Eis uma solução, que conciliava todos os interesses. Isso permitir-lhe-ia velar por ela, desenvolvendo ao mesmo tempo seu espírito, com a vantagem de salvá-la de graves perigos que a ameaçavam. Para ele, homem solteiro e sozinho, era aquilo um tanto espinhoso; contudo seria capaz de levar a bom fim tal encargo. Perguntou-lhe então se ela estava resolvida realmente a deixar a ilha por algum tempo.

— Quisera ficar aqui, respondeu Ana Avícia. Mas seria melhor ir para outro lugar.

— Gostaria de ir a Londres?

O rosto da Ana Avícia iluminou-se.

— Seria isso possível?

— Você podia vir comigo e ser-me bastante útil no serviço de meu apartamento, como chamam hoje a certas habitações e das quais você já deve ter ouvido falar. Tenho um alugado; na parte de trás fica meu "atelier".

— Não, nunca ouvi falar sobre essas habitações, respondeu ela com indiferença.

— Pois bem, tenho aí dois empregados, porém como meu ajudante está de férias, você podia ocupar o lugar dele durante um ou dois meses.

— Será preciso limpar os móveis? Eis uma coisa que eu podia fazer!

— Não tenho muitos móveis que o precisem. Mas você podia dissolver o gesso e a argila nas caixetas, preparar os pedaços de pedra, ajudando-me enfim a modelar e tirar o pó de minhas fracassadas Venus, e mãos, pés, cabeças, etc.

Ela mostrava-se interessada, curiosa ao mesmo tempo diante da proposta que lhe era feita. E disse:

— Mas apenas por algum tempo?

— Sim, e tão breve ou tão longo quanto lhe interessar.

A maneira reflexiva com que, passada a primeira impressão, encarou Ana Avícia a proposta, bem podia adverti-lo de que qualquer sentimento de afeição estava longe de animar o coração da moça — apenas gratidão podia haver em tudo aquilo. Contudo, pensava ele, não era tão grande a diferença de idade, e, intimamente, esperava que com o tempo a conquistaria para si. Quanto à causa de suas lágrimas, não quis acrescentar palavra.

Evidentemente, ela não tinha grandes preparativos a fazer; entretanto estes foram ainda menos que seria de esperar. Parecia apressada em partir, e isso sem que ninguém o soubesse.

Não conseguia Pierston compreender que, estando ela enamorada, e antes de tudo não lhe sendo muito agradável deixar a ilha, como punha naquilo tanta pressa. Sim, por que?

Mas teve o cuidado de não comprometer uma jovem a quem afinal dedicava um interesse mais de protetor que de apaixonado. Por isso, fê-la partir primeiro, indo encontrá-la em uma estação a alguns quilômetros de distância, e viajando em compartimentos separados. A fisionomia de Pierston deixava transparecer uma intensa alegria ao pensamento de ter sob sua proteção aquela que herdara a carne e a alma da primeira Avícia, aquela que herdara um nome outrora tão intimamente ligado ao seu; e, sobretudo, à esperança de reparar enfim um mal que pesava sobre ele, sinistramente, há tantos e tantos anos.

CAPÍTULO XI

A IMAGEM PERSISTE

Já ia escurecendo quando o carro em que Pierston trouxe Ana Avícia da estação, parou em frente ao edifício em que ele tinha o apartamento, edifícios naquele tempo mais raros em Londres que atualmente. Deixando Ana Avícia, que se entendia com o porteiro a respeito das bagagens, Pierston subiu a escada, observando com surpresa que o apartamento estava silencioso; e ao abrir a porta encontrou os aposentos com as janelas fechadas. Tornou à portaria, onde se encontrava Ana Avícia, sozinha perto das bagagens, pois o porteiro saíra a rua, pondo-se a conversar com o cocheiro.

— Pode me informar que fim levaram minhas empregadas?
— Como? Não estão aí, senhor? Ah, então bem que desconfiei! Mas o senhor não teria deixado aberta por esquecimento a porta da adega.

Pierston refletiu. Pensava que bem podia ter deixado a chave com a empregada mais velha, que julgava merecedora de confiança, sobretudo não estando a adega muito provida no momento.

O porteiro acrescentou:

— Ah, é isso mesmo! Esta última semana a cozinheira andava com umas brincadeiras. Estava a toda a hora me enviando recadinhos pelo tubo acústico, falando isto, falando aquilo, até que eu, aborrecido, resolvi não lhe prestar mais atenção. Hoje à tarde vi-as sair juntas, e sem dúvida foram espairecer um pouco, se não se foram de uma vez. Aliás se o senhor me tivesse escrito, eu teria preparado o apartamento, ainda que isso não fosse da minha obrigação, fazendo-o porém em consideração a quem se encontra sem auxiliar.

Voltou Pierston ao apartamento, reparando que a porta da adega estava de fato aberta: pelo chão garrafas vazias que ele deixara cheias, outras desaparecidas. Felizmente nada mais lhe faltava, encontrando na caixa, tal como o carteiro a depositara, a carta em que ele comunicava à empregada mais velha a sua próxima chegada.

Enquanto isto, as bagagens haviam sido trazidas no elevador. Como uma carga infinitamente mais valiosa, Ana Avícia esperava à porta.

— Entre, Avícia, disse o escultor. Que faremos agora, hein? Bela situação!

Ana Avícia lembrou que se acendesse o fogo.

— Acender o fogo... Ah, sim! Não sei se será fácil consegui-lo. Isto é uma aborrecida coincidência. Bem, acende o fogo, é o melhor!

— É isto a cozinha, senhor, aqui junto à sala de entrada?
— Aí mesmo.
— Então acho que eu posso fazer todo o serviço até que arranje outra empregada. Bem quisera acender o fogo, mas não encontro os fósforos... O apartamento não é tão grande quanto eu imaginara!
— Antes assim! Não desanime, disse Pierston sorrindo ternamente. Esta noite jantarei fora, deixando você com inteira liberdade de fazer o que achar preciso, com o auxílio da mulher do porteiro, ouviu?

E foi assim que começou a existência deles em Londres; cada vez mais firmemente convencido de que um grande perigo ameaçava Ana Avícia em sua terra natal, resolveu retê-la em Londres até que o admirador, ou os admiradores que tanto pareciam perturbá-la, houvessem esfriado em seus entusiasmos. Queria Pierston assumir inteiramente a responsabilidade da aventura de sua proteção em sua grande estima por ela.

Era uma perfeita solidão a dois; pois ainda que Pierston e Ana Avícia fossem os únicos ocupantes do apartamento, não viviam em mútua companhia. Agora, era tão escrupuloso para se aproximar dela, todas as vezes que se deparava essa oportunidade, quanto fora solícito em procurá-la quando essas oportunidades eram menores. Viviam em silêncio, e Pierston se comunicava com ela por meio de recados escritos em pedacinhos de papel, que colocava em lugares em que Ana Avícia pudesse ver. Ela, de sua parte, correspondia a seu silêncio com uma reserva que o exasperava. Não sem tristeza observava Pierston a indiferença de Ana Avícia com relação ao isolamento em que viviam e do qual ela teria dado conta se experimentasse reciprocidade de sentimentos.

Considerando que, ainda que sem muitas perspectivas de espírito, não era entretanto de todo mulher vulgar, no sentido comum desta palavra, exasperava-se Pierston com a estreiteza de suas respostas às amistosas observações que, apesar de tudo lhe escapavam, e com a reserva de sua conduta.

Todas as vezes que Pierston, por algum pretexto, atravessava o corredor que separava seu quarto da cozinha, e dirigia da porta uma ou outra recomendação a Ana Avícia, ela respondia: "Sim, senhor" ou "Não, senhor", sem levantar os olhos do serviço que estava fazendo no momento.

Em tempos passados, ele tinha em casa bom número de empregados, mas agora, por nada no mundo, quisera impor a presença deles a Avícia, e contentava-se com os seus serviços, ainda que insuficientes. Sentava-se à mesa em frente de uma costeleta ou de um pequeno bife, mostrando-se satisfeito, receoso de que ela resolvesse voltar para a ilha a qualquer observação de sua parte. De dois em dois dias vinha uma mulher para o serviço mais pesado, que comia como uma loba e bebia boa quantidade de aguardente. Contudo, não era por isso que Pierston se arreceiava dela, senão que abrisse os olhos a Ana Avícia da situação delicada em que se encontrava naquela casa. Ana Avícia não ignorava que Pierston tivera anteriormente duas empregadas; mas não se preocupou com os motivos que agora o levavam a dispensá-las.

A intenção de Pierston fora que Ana Avícia se ocupasse exclusivamente em seu atelier de escultura; mas as circunstâncias haviam disposto de outra forma. Contudo, certa manhã mandou que ela desse uma chegada ao atelier; ao entrar, dali a pouco, encontrou-a sacudindo a poeira das peças fundidas e dos moldes.

A cor da poeira causava-lhe admiração.

— É como se andassem nas mãos de um carvoeiro de Budmouth, e as bonitas cabeças dessas pessoas de argila estão completamente desfiguradas pela poeira.

— Penso que um dia você se casará Avícia — disse Pierston contemplando-a pensativamente.

— Umas se casam, outras não, respondeu sorriso recatado nos lábios, e sem desviar o olhar.

— Parece que você não se preocupa muito com isso, acrescentou Pierston.

Maliciosa, ela nada respondeu. Como era bonita naquela atitude! Ele pôs-se a admirar o encanto de seu perfil; o nariz bem desenhado, o queixo arredondado, os longos cílios recurvos... Em vão tentara reter no mármore a beleza deste rosto — fixava-o apenas materialmente, escapava-lhe a essência, a alma, a vida enfim!

Naquela tarde, ao anoitecer, precisou Pierston escrever umas cartas. Como lhe faltassem os selos, mandou Ana Avícia comprá-los. Fazia uns quinze minutos que ela saíra, quando de repente levantou a mão do papel, lembrando-se de que Ana Avícia não conhecia quase nada, ou nada, as ruas de Londres.

A administração central dos Correios, onde a mandara por ser já tarde, ficava dois ou três quarteirões adiante, e dera-lhe o recado sem explicação alguma. E não aparecia. Como podia ser tão irrefletido?

Pierston aproximou-se da janela, que por estar Ana Avícia ausente tinha as cortinas ainda fora. Na praça fronteira erguia-se a lua; à sua direita estendia-se uma rua com um colar luminoso de bicos de gás; aqui e ali algumas luzes vermelhas ou azuis. De uma esquina chegavam até ele os sons de certa marcha de Rossini, ruidosa e mal tocada. Negras silhuetas se moviam fantasticamente em baixo, na rua. Sobre os telhados pairava um espesso véu de neblina; mais em cima, via-se um céu de azul meio esverdeado, onde estrelas brilhavam. Ao longe, no horizonte, podiam divisar-se ainda pálidos vestígios da tarde que agonizava, recortando as chaminés em formas as mais curiosas...

Daquele panorama subia um surdo e confuso rumor, onde certas vozes, o estrépito dos carros, um assobio de metal, o ladrar longínquo de um cão, erravam como bolhas dágua sobre a superfície do mar. Este ruído impressionou-o: nunca, por um breve momento, a cidade descansava!

Naquele oceano humano, uma só existência lhe importava: a de sua Avícia. E ela estava sozinha, talvez perdida...

Pierston consultou o relógio. Ia agora em meia hora que Ana Avícia saíra de casa. Impossível conhecê-la de longe, ainda que aparecesse. Fechou, a janela, apanhou o chapéu, resolvido a procurá-la ao acaso por aquelas movimentadas ruas. Foi até o fim da primeira, mas nem sombra de Ana Avícia. Hesitava entre três ou quatro caminhos que levavam aos Correios. Meteu-se afinal por um deles, à aventura, e chegou ao edifício público, que se encontrava deserto. Desesperado de ansiedade, voltou por onde viera, rapidamente, dirigindo-se para casa. Talvez ela estivesse de volta! Mas aí chegando, não a encontrou.

Lembrou-se então de lhe ter dito, no caso de estraviar-se, tomar um carro de praça que a traria para casa. De novo foi à janela. Pela aristocrática rua em que ficava o apartamento não se via passar ninguém. Aqui e ali, os bicos de gás pareciam sentinelas, postadas naquele lugar à espera de um cortejo que demorava. A uma esquina da rua, dois homens conversavam tranqüilamente como se o fizessem à clara luz do meio-dia. Pares de namorados enlaçavam-se, amorosos, desaparecendo depois no escuro...

Pierston voltou a atenção para as carruagens que passavam, e suspendia a respiração, emocionado, quando o estrépito dos cavalos se aproximava da entrada do apartamento — mas todos seguiam em direção da praça. As duas lanternas de cada carruagem iam aumentando ao aproximar-se, tal como olhos, e faziam-lhe o coração bater com força. Era Avícia, daquela vez! Mas a carruagem seguia adiante.

Cada vez mais desesperado, Pierston saiu de novo, encaminhando-se a um local mais movimentado e ruidoso da cidade. Antes de misturar-se ao movimento, percebeu uma pequena silhueta que caminhava sem pressa em sentido oposto ao seu. Seria ela? Não. Era... Não, não podia ser. Sim, era ela!

CAPÍTULO XII

UMA BARREIRA SE LEVANTA ENTRE AMBOS

— Oh, Avícia! Exclamou Pierston num tom carinhoso de mãe. Que fez você?

Ela pareceu surpreender-se diante disto, como se nada de mal houvesse cometido. Tranqüilizado, Pierston não insistiu; de súbito, porém sugeriu-lhe que, uma vez que devia estar cansada, desse-lhe o braço, apoiando-se nele.

— Oh, senhor, não é preciso, disse ela. Não me sinto nem um pouco cansada e não quero ajuda alguma. Muito obrigada.

Subiram pela escada, desistindo do elevador. Pierston abriu a porta, ela entrou para a cozinha, ele acompanhou-a.

— Onde foi você? perguntou, tomando um ar sério. Não devia ter demorado mais de dez minutos.

— Como não tinha nada que fazer, lembrei que seria agradável conhecer um pouco Londres, respondeu ela ingenuamente. Foi assim que, depois de ter comprado os selos, resolvi dar uma volta pelas principais ruas, por onde se vê tanta gente como se fosse dia. É tal qual como quando a gente volta para casa de noite, em Street of Wells, depois da feira de São Martinho; com a diferença apenas de que as pessoas são mais educadas.

— Oh, Avícia, Avícia, você não deve sair de casa outra vez, como fez hoje. Não sabe que sou responsável por você? Eu sou o seu... bem, legal e moralmente, o seu tutor. É meu dever conduzi-la sã e salva à sua ilha natal. No entanto, levada por um simples capricho, você sai de casa à noite!

— Mas, senhor, tenho absoluta certeza de que as pessoas aqui são tão respeitosas nas ruas como nas casas. Vi-as vestidas à última moda, e não pensavam de forma alguma em fazer-me o menor mal; e quanto aos galanteios, jamais ouvi mais polidos.

— Bem, você não deve repetir a aventura de hoje. Um dia explicarei as razões. Que é isso que tem na mão?

— Uma ratoeira. Há muitos ratos nesta cozinha, sujos de fuligem, não limpo como os nossos, e decidi pegá-los. Foi para comprá-la que me afastei tanto, pois todas as lojas estavam fechadas. Vou armá-la agora.

Pôs Ana Avícia mãos à obra, enquanto Pierston deixou-se estar olhando-a, absorvida inteiramente naquilo. Com efeito, era extraordinário considerar o quanto ela limitava as suas ambições; com que alegria aceitaria as coisas vulgares que a vida lhe dava *sem* a preocupação de buscar as boas e belas que tinha o direito de exigir. Acaso não percebia a inclinação que ele sentia por ela? Certo, não era mulher incapaz para isso; ao contrário, possuía todos os predicados femininos: frívola, reservada sobre certos assuntos, displicente...

— Com uma ratoeira dessas só se pode pegar um rato de cada vez, observou Pierston com indiferença.

— Mas à noite eu ouvirei o ruído e virei armá-la de novo.

Ele teve um suspiro, retirando-se para seu quarto, ainda que não sentisse vontade de dormir. Alta noite, talvez por ter ficado aberta alguma porta de comunicação interna, despertou com o ruído seco da ratoeira. Outra pessoa de sono leve decerto também o ouviu, pois quase no mesmo momento, passos se fizeram ouvir no corredor que conduzia à cozinha. Passado alguns instantes, suficientes para que se armasse a ratoeira, ele ouviu um grito estridente.

Pierston saltou rápido da cama, vestiu o robe, precipitando-se para a cozinha.

Ana Avícia, descalça e com um chale apenas sobre a camisa trepada em uma cadeira — a ratoeira tombada no chão e um rato desnorteado, a correr de um canto para outro.

— Quis tirá-lo da ratoeira, disse ela nervosamente, e acontece que me fugiu.

Pierston apanhou o rato, enquanto Ana Avícia permanecia na cadeira; depois de armar de novo a ratoeira, Pierston não pôde conter seus sentimentos e falou:

— Porque diabo uma moça como você, ama um vulgar trabalhador das pedreiras? Vamos, responda!

Estava Ana Avícia tão absorvida com a ratoeira que, no primeiro instante, não percebeu o tom da pergunta. Momentos depois respondeu muito calmamente:

— Porque sou uma doida.

— Como? Que diz? Então não o ama? fez Jocelyn, encarando-a surpreso, pois naquele momento parecia a seus olhos ver a mesma Avícia que o havia beijado vinte anos antes.

— Para que falar sobre essas coisas? respondeu ela.

— Já sei, é o soldado, não?

— Ele mesmo, ainda que nunca lhe tenha dito nada.

— Você nunca falou com o soldado?

— Nunca.

— Algum dos dois tratou você mal, enganou-a?

— Absolutamente. Nenhum.

— Então não a compreendo. Vamos, Avícia, use de um pouco mais de franqueza comigo. Conte-me tudo vamos.

— Agora não, senhor, respondeu, levantando para ele sua bela face rosada e seus olhos pestanudos, como se lhe dirigisse uma prece. Amanhã eu lhe contarei tudo, prometo.

Ele voltou imediatamente para o quarto, pondo-se a meditar. Cerca de um quarto de hora após, de novo se fez ouvir o ruído da ratoeira. Pierston aguçou o ouvido. Tão silenciosamente se encontrava a casa, e os tabiques eram tão finos, que pôde ouvir o barulho do rato contra os arames da ratoeira. Mas desta vez não ouviu passos. Como se sentia nervoso e insone, levantou-se e foi à cozinha. Acendeu a luz, tirou o rato, e armou novamente a ratoeira. Ao tornar ao quarto, parou à escutar; a porta de Ana Avícia estava entreaberta: mas não ouvira o ruído da ratoeira, dormia. De seu quarto vinha um suave ressonar, suave como o de uma criança.

Pierston voltou ao quarto, possuído de uma profunda melancolia. A inconsciência intencional ou não, da moça, o aspecto da cozinha com o fogo apagado, vazio, tudo aquilo despertava nele, mais vivamente, a consciência de sua irremediável situação.

Que loucura apaixonar-se por aquela moça.

O simples fato de ela se encontrar sem defesa e, por outro lado, a inteira despreocupação dela, diante da perigosa aproximação entre ambos, eram suficientes para que Jocelyn se visse no dever moral de respeitá-la; além disso, não era Ana Avícia o retrato vivo da mãe que ele tão ternamente amara em tempos idos? No momento, sentia-se constrangido, abatido e triste.

Quando a viu pela manhã, Pierston compreendeu que urgia pôr fim àquela situação. Mandou Ana Avícia arrumar o atelier, escreveu a uma agência pedindo duas empregadas, e em seguida pôs-se a trabalhar. Ana Avícia desempenhava-se do serviço que lhe pedira. Seu maior prazer era arrumar os moldes e peças fundidas. Pela primeira vez ela as examinava com o interesse de uma pessoa que deseja receber idéias, já vagamente percebidas, sobre beleza. Aquela vivacidade de alma, que Ana Avícia podia ter herdado com o rosto e o porte da mãe, estava atenuada pela mediocridade do pai; e, como Pierston tivesse alguma noção do assunto, podia ver na moça a luta íntima dos contrastes.

Encontrava-se a sós no atelier. Pierston, incapaz de dominar os próprios sentimentos, enlaçou-a pela cintura e disse a meia voz:

— Minha querida, minha boa pequena Avícia! Quero fazer um pedido, um pedido que você decerto já advinha. Você quer se casar comigo e viver para sempre nesta casa?

— Oh, senhor Pierston, que absurdo!

— Que absurdo? Fez ele, um tanto chocado.

— Sim, senhor.

— Mas por que? Sou tão velho assim? Julgo que a diferença de idade não é tão grande.

— Oh, não. Aliás isso não tem grande importância entre marido e mulher.

Ana Avícia esforçava-se por libertar-se de seu braço! No esforço para consegui-lo, derrubou uma cabeça da imperatriz Faustina. Pierston não fez força para retê-la, pois viu que estava, não apenas surpresa, mas perturbada.

— Afinal você acabou não me dizendo porque era absurda proposta, falou, num tom duro.

— É que nunca imaginei que o senhor pudesse pensar em mim com essa intenção. Nem sequer desconfiava: E estou sozinha aqui... Que farei?

— Diga que sim, minha querida Avícia. Podíamos casar agora mesmo, sem que ninguém soubesse, quer?
— Não, não posso, senhor, respondeu com um movimento de cabeça.
— Não seria uma vantagem para você? Ou talvez não simpatiza comigo?
— Sim, e até muito. Mas não dessa maneira. É possível mesmo que com o tempo viesse a amá-lo, se...
— Então, experimente, exclamou com entusiasmo. Sua mãe também me amava!
— Minha mãe o amou? disse Ana Avícia, encarando-o admirada.
— Sim, amou, murmurou Pierston.
— Mas... então foi o senhor o namorado infiel, o que...
— Sim, fui eu, não diga mais nada.
— O que a abandonou?
— Quase isso...
— Nesse caso eu não poderei nunca, nunca, simpatizar com o senhor. Não pensei que o namorado dela fosse um cavalheiro... Eu... eu pensava que...
— E não me portei como cavalheiro, então?
— Oh, senhor, deixe-me, deixe-me. Não quero vê-lo nesse momento. É possível que venha um dia a gostar do senhor, mas... Vá embora, peço-lhe.
— Não! Não me vou embora, respondeu Pierston irritado ao extremo. Fui sincero para com você, é preciso que o seja também para comigo, vamos!
— Mas que quer o senhor que lhe diga, meu Deus!
— Quero apenas saber porque recusa minha proposta. Não me deu nenhuma razão convincente. Fale, querida, vamos, já não estou zangado.
— Ainda está, sim...
— Não estou. Vamos, fale com franqueza.
— O motivo é este: Isaac Pierston.
— Como?
— Sim, ele me fez a corte; nosso noivado realizou-se conforme o velho costume da ilha: depois, certa manhã, levou-me a capela e casamo-nos secretamente, pois minha mãe se opunha... e eu no momento não amava outro. Mas pouco depois, e exatamente antes de acompanhá-la a Londres, ele embarcou para

Guernesey. Foi então que encontrei aquele soldado... nem o seu nome conheço, mas estou apaixonada por ele. Contudo, como sei que não me ficava bem, procurei não pensar nele e evitá-lo. Mas isso me fazia muito infeliz. Foi nestas circunstâncias que o senhor me convidou a vir a Londres. Como tudo me era indiferente, aceitei.

— Santo Deus! exclamou Pierston. E seu rosto expressava claramente o mal-estar que lhe causava aquela revelação. Ou melhor, por que não me disse antes? Quer dizer, então, que neste momento você é a esposa de um homem que se encontra em Guernesey, e a quem absolutamente não ama, mas, em compensação, ama um soldado com quem nunca trocou palavras; e durante este tempo, eu quase a comprometo, permitindo de minha parte que a amasse. Não há dúvida, você é uma terrível mulher!

— Não; não sou, suspirou Ana Avícia. Estava pálida e trêmula, sem coragem de erguer os olhos do chão, e continuou:

— Eu disse que era bobagem do senhor me querer! — prosseguiu. — E, mesmo que não me tivese casado com aquele horrível Isaac Pierston, não poderia me casar com o senhor depois que me contou que o senhor era o homem que fugiu da minha mãe.

— Já recebi o castigo merecido, disse ele com tristeza. Os homens como eu acabam sempre, de uma forma ou de outra, recebendo o castigo. Agora, querida Avícia, (sim deixe-me chamá-la querida Avícia em lembrança de sua mãe), minha obrigação é tirá-la da situação em que se encontra. Mas por que não ama seu marido, uma vez que se casou som ele?

Ana Avícia olhou de soslaio o escultor, como se não conseguisse explicar a si própria as sutilezas de seu temperamento.

— Era aquele jovem ilhéu de barba escura com quem a vi naquele domingo? Ele tem o mesmo nome que eu; aliás isto não tem nada de original num lugar onde existem apenas meia-dúzia, ou pouco mais de nomes de família.

— Sim, ele mesmo, Isaac. E foi naquela tarde que brigamos. Como me censurasse sobre minha inconstância, respondi-lhe à altura, e ele no dia seguinte foi-se embora.

— Bem, como já lhe disse, cumpre-me tirá-la desta situação e quanto antes. Acho que a primeira coisa a fazer é tentar a volta de seu marido à ilha.

Ela deu de ombros, e disse:

— Não o amo.

— Não o ama? Então por que se casou?

— Vi-me obrigada a isso, pois, conforme o velho costume da ilha, eu lhe havia prometido antes.

— Nem devia ter pensado nisso. Hoje em dia tal coisa é ridículo e passadista.

— Ah, mas ele tem um modo tão estreito de ver as coisas, não pensa da mesma forma. Contudo, partiu.

— Ora, ao que me parece, tudo não passa de um simples capricho entre ambos. Eu o trarei à razão, quando voltar. É de sua propriedade a casa da ilha, não?

— Sim, é de minha propriedade. Grammer Stockuvool cuida dela em minha ausência.

— Bem, agora você voltará diretamente para a ilha, minha bela senhora, e esperará ali a volta de seu marido para se reconciliarem.

— Não quero, nem quero que ele volte, suspirou Ana Avícia. Quero ficar aqui ou em qualquer outro lugar, menos onde o possa encontrar.

— Dentro em breve mudará de opinião. E agora vá a seu quarto, querida Avícia, e esteja pronta daqui a uma hora. Espero-a na portaria, ouviu?

— Não quero.

— Digo-lhe que me obedeça, Avícia.

Compreendeu que era de todo inútil teimar. E, à hora marcada, encontrou-a na portaria. Jocelyn levava um pequena mala e guarda-chuva; Ana Avícia uma caixa e alguns embrulhos.

Pierston deu ordem ao porteiro para que fosse chamar um carro e encarregar-se da bagagem, indo esperá-la mais adiante. Pouco depois tomou o carro, ao passar, colocando-se ao lado de Ana Avícia. O carro rumou para a estação. No vagão quase vazio, acomodaram-se um em frente do outro, e começou a monótona viagem de trem. Examinando-a agora, à luz de sua recente revelação, Pierston admirou-se grandemente de não ter pressentido antes o seu segredo. E cada vez que a olhava, a moça demonstrava uma fisionomia rebelde; afinal rompeu em pranto.

— Não quero tornar a vê-lo, dizia ela, suspirando. Pierston sentia-se quase tão perturbado quanto ela.

— Porque nos pôs você a si e a mim nesta situação? disse com certa dureza. Agora é inútil lamentar-se. De minha parte não o lamento, pois isto me dá ocasião para sair deste compromisso. Bem compreendo que se não estivesse casada, assim mesmo não quereria fazê-lo comigo.

— Sim, eu me casaria com o senhor.
— Como? Casaria? Mas se ainda há pouco disse exatamente o contrário.
— Porque agora gosto mais do senhor, gosto cada vez mais.
Pierston suspirou. Para seu maior infortúnio, pela sensibilidade sentia-se tão jovem quanto ela. Aquele obstáculo em seus sonhos, que o fazia a mais incoerente criatura deste mundo era a sua permanente infelicidade. Uma idéia atravessou-lhe o espírito, afastando-a por lhe parecer desleal, sobretudo para com uma inexperiente conterrânea, que pela origem era uma quase parenta.

Pouco mais aconteceu entre ambos naquele nefasto dia. Afrodite, Astaroth, Freya, ou qualquer que fosse a deusa do amor, protetora, de sua ilha, duramente o castigava, como afinal sabia castigar os seus admiradores, egressos da volubilidade para a constância. Quando terminaria enfim a expiação daquela sentença contra seu frágil coração não envelhecido, ainda que seu corpo já sentisse a aproximação dos anos? Terminaria somente com a vida?

Após ter deixado Ana Avícia em sua casa, a primeira coisa que fez foi ir à capela, onde, conforme lhe confessara, celebrara-se antes o casamento de ambos. Uma insensata esperança habitava ainda em sua alma — e se fosse livre? Mas ali estava, em solene caligrafia, o assento paroquial, em que se lia que Isaac Pierston e Ana Avícia Caro filhos de tal e tal, haviam contraído matrimônio no dia tal... Abaixo, ao fim da página, a assinatura dos cônjuges, do oficiante e respectivas testemunhas.

CAPÍTULO XIII

ELA NÃO SE DEIXA VER

Meses depois, numa tarde de inverno, por um tempo frio e cortante, um homem caminhava sozinho pelo atalho que separa o Castelo de Silvânia da casa de Ana Avícia e que leva às ruínas do castelo Red King. As outras casas vizinhas, construídas igualmente de pedra, estavam às escuras; apenas o andar superior da casa de Ana Avícia se via àquela hora iluminado. O mar bramia, vindo arrebentar-se de momento a momento contra as pedras das margens. Este ruído era acompanhado de outros, igualmente periódicos, vindos do quarto da pequena casa; — e as queixas das ondas, como as queixas da vida, pareciam expressão do mesmo Ser terreno, como aliás, em certo sentido o eram...

Pierston — pois o caminhante solitário não era outra pessoa — observava a janela iluminada; ora ia, ora voltava, ritmando os passos de seu distraído andar pelos gemidos do mar e pelos que vinham do quarto de Ana Avícia. Não demorou em ouvir-se um débil vagido de criança. Pierston afastou-se, seguindo a largos passos para ocidente; ao chegar a uma dobra do atalho parou, deixando-se ficar ali muito tempo. A paz da aldeia adormecida foi perturbada, a esta altura, por um ruído de rodas e trote de cavalos. Pierston voltou, indo esperar o carro à porta da casa.

Era um cabriolé; de dentro um homem com um chapéu de abas largas sob o qual se via apenas uma barba preta, cortada em forma triangular, conforme o costume típico da ilha.

— O senhor é o marido de Avícia? perguntou o escultor.

O homem respondeu afirmativamente; a seguir disse, revelando na voz um forte acento local.

— Acabo de chegar exatamente pelo bote desta tarde. Não me foi possível estar aqui mais cedo. Arranjara um serviço em Peter-Port, e terminei-o hoje.

— Bem, disse Pierston. Sua volta significa então que quer mesmo fazer as pazes com ela?

— Não sei... respondeu o homem. E logo: Sim, farei as pazes. Pouco se me dá uma coisa como outra.

— Se consentir reconciliar-se com ela, tem aqui na ilha um ótimo emprego para o senhor, exatamente de uma antiga profissão.

— Nesse caso quero, e de boa vontade, disse.

Com voz enérgica e, ainda que ligeiramente zombeteira, conciliante, mostrava-se disposto a normalizar a situação.

Pagou o carro e entrou com Jocelyn. Na sala da frente, ninguém. No centro havia uma mesa e nela uma toalha quadriculada, sobre a qual repousava uma lâmpada. Estava tudo em ordem e muito limpo, como preparado para um solene acontecimento.

A mulher que morava com Ana Avícia desceu; interrogada, respondeu que ia tudo bem, apenas era cedo ainda para se apresentarem. E depois de oferecer-lhes algo a comer, afastou-se.

Jocelyn e Isaac Pierston (sem dúvida parentes afastados, ainda que não tivessem provas disso), sentaram-se um defronte ao outro. Então o apaixonado que amava aquela mulher sem nenhum direito sobre ela e o marido que, ao contrário tinha todos os direitos, sem amá-la, examinaram-se reciprocamente face a face. Depois de trocarem meia-dúzia de palavras banais, a atenção de ambos voltou-se para o barulho que vinha do andar superior: Jocelyn inquieto; Isaac Pierston calmo e cheio de confiança nos caminhos da natureza.

De novo se ouviu o débil vagido de criança; o médico do lugar desceu, apresentando-se na sala.

— Como está ela? perguntou Jocelyn, enquanto o silencioso Isaac fixava o olhar no médico, à espera da resposta que, evidentemente, serviria para ambos.

— Está passando bem, muito bem, respondeu o cavalheiresco facultativo, num tom que revelava ter pronunciado a mesma frase em um sem número de situações idênticas; e como esperasse o carro, que não estava à porta, sentou-se à mesa para tomar com os dois homens um copo de cerveja. Assim que o médico partiu, a senhora Stockwool desceu novamente dizendo que Ana Avícia estava avisada da presença do marido. Esperava-o.

O sólido Isaac mostrava-se disposto a não sair dali, e esvaziar o seu copo de cerveja, mas Jocelyn convidou-o a subir ao quarto da esposa e ele se levantou. Ficando a sós, Jocelyn apoiou os cotovelos sobre a mesa, cobrindo o rosto com as mãos.

Isaac não demorou muito. Instantes depois reaparecia, não sem um certo ar feliz de proprietário, que não tivera até ali; convidava Jocelyn a subir, pois a mulher demonstrava desejo de vê-lo. O marido ficou, enquanto ele subia ao quarto de Ana Avícia.

Esta, branca como os lençóis, tinha entretanto um aspecto muito mais alegre do que ele esperava; evidentemente o pequeno ser que tinha a seu lado era a causa disto. A mulher transformara-se em mãe. Estendeu a mão a Jocelyn e, dominando a fraqueza que sentia, disse:

— Estava com muita vontade de vê-lo, ainda que talvez seja cedo demais; quero agradecer-lhe de coração tudo quanto fez por mim e por ele. Disse-me que está satisfeito por ter voltado. Sim, o senhor foi extremamente bom, fez muito e muito por nós.

Seria realmente feliz? Ou aquilo era apenas uma demonstração de gratidão? Pierston preferia não aprofundar isto. Limitou-se a responder-lhe que agradecia muito a sua gratidão, acrescentando com ternura:

— Agora, Avícia, abdico as minhas funções de tutor. Espero ver, para o futuro, seu marido progredindo cada vez mais nos negócios aqui na ilha.

— Também eu assim espero por amor a esta criaturinha, respondeu ela com um profundo suspiro de satisfação. Quer vê-la? acrescentou.

— Ela? Oh, sim, a sua filhinha. Deve pôr-lhe o nome de Avícia.

— Certamente, murmurou. E descobrindo a criancinha: Espero que me perdoará, senhor, por lhe haver ocultado meu casamento.

— Com a condição também de que me perdoe o tê-la galanteado.

— De boa vontade. Aliás, como ia adivinhá-lo? Quisera...

Pierston despediu-se, beijando-lhe a mão; e ao afastar-se de Ana Avícia e do pequeno ser que tinha a seu lado (que num dia futuro iria de novo encontrar em condições bem diferentes), sentiu que lágrimas lhe brotavam dos olhos. E de si para si murmurou:

— Acabou o sonho!

Em segredo ou ostensivamente, parecia que o Himeneu perseguia Pierston até ali com farsas indignas, mais próprias de um arlequim que de um detentor de chama sagrada. Dois dias depois de haver deixado na ilha aquela que amara de forma tão desinteressada, encontrou-se em Piccadilly com o amigo Somers, muito bem vestido, caminhando apressado, com ar de grandes preocupações.

— Meu caro amigo, disse Somers, em que pensa você? Pediram-me que não lhe dissesse, mas o segredo me pesa demais. E, uma vez que mais cedo ou mais tarde virá a sabê-lo, por que não hás-de saber agora?

— Como? Será que... exclamou Pierston desconfiado de segredo.

— Sim. O que há seis meses atrás afirmei num simples impulso, estou agora em vésperas de realizá-lo a sangue frio. Nicola e eu começamos por um simples flerte e acabamos nos querendo sinceramente. Enfim, vamos casar para o mês.

TERCEIRA PARTE

UM JOVEM QUE ANDA PELOS SESSENTA

"Em mim vês o resplendor de um incêndio,
Que jaz nas cinzas da própria mocidade,
Como o leito de morte onde consumida
Se extingue a chama... com o que a alimenta".

Shakespeare.

CAPÍTULO I

VOLTA POR ALGUM TEMPO

Haviam-se passado vinte anos depois dos últimos acontecimentos e a ilha em nada mudara; entretanto, muitos dos que em tempos idos projetavam as suas sombras sobre as pedras, agora não mais se moviam entre os vivos.

Apesar de tudo, nada parecia ter mudado. Os silenciosos navios atracavam vazios no cais e partiam cheios de pedras; as brocas e marretas soavam nas pedreiras; parelhas de cavalos em grupos de oito e dez, arrastavam penosamente ladeira abaixo os pesados blocos de pedra nos velhos carros de madeira, conforme o velho costume. O farol flutuante brilhava às noites, na distância, e o farol de Beal, com seu olho de vidro, olhava-o da margem. O rilhar de enormes caninos investia a cada maré, subindo contra as pedras da praia — mas estas continuavam a desafiar, impassíveis, o tempo...

Os homens bebiam, fumavam, e discutiam nas tavernas um pouco mais demoradamente, sem outra alteração a não ser um acento menos de ilhéu que antigamente. Mas durante aqueles vinte longos anos não se tornara a ver o escultor Pierston na pequena ilha do Canal da Mancha. Viajara durante muito tempo pelo estrangeiro, e, na época em que agora o vemos, vivia num hotel em Roma. Depois do nascimento da primeira filha de Ana Avícia, não tornara a vê-la; contudo dispusera as coisas de maneira a ter de quando em quando notícias dela. Foi assim que veio a saber que, pouco depois de Ana Avícia e Isaac se terem reconciliado, este entrara a maltratar a jovem esposa, até que seu negócio começou a prosperar; deixando-se então absorver por seu comércio, entregou à mulher a inteira direção da casa, o que trouxe para eles a paz, uma paz duradoura, pois que acima do ódio ou do amor, repousava simplesmente sobre indiferença recíproca.

De início Pierston enviara a Ana Avícia, em segredo, algumas quantias, acreditando que o marido não lhe facultava o necessário conforto material; mas não tardou em saber, com grande satisfação íntima, que estas pequenas ajudas eram absolutamente desnecessárias, pois a vaidade levara Isaac a estabelecer-se como um verdadeiro cavalheiro da pequena sociedade da ilha, e a conceder à mulher, para tal, uma larga mesada.

Encontrava-se Pierston em Roma, como ficou dito; depois de ter passado o dia inteiro entre as estátuas célebres do Museu do Vaticano, recolhia-se naquela tarde pela primeira vez no hotel para tomar a refeição. O hábito inconsciente e comum de certas pessoas de observar semelhanças e dessemelhanças entre os seres e as coisas, levara-o a descobrir ou imaginar, na atmosfera de Roma, nos jogos claros-escuros e sobretudo nas reverberações de luz, uma atmosfera semelhante a de seu torrão natal. Ilusão devida talvez a que, não encontrando por toda a parte senão pedras, as ruínas da Cidade Eterna lhe traziam à lembrança as pedreiras de sua ilha querida.

Pensando saudosamente nestas coisas, enquanto comia sentado a sós numa pequena mesa do hotel, surpreendeu-se a certa altura ouvindo de uns hóspedes vizinhos o nome da ilha. Prestou atenção. Na próxima, um norte-americano conversava animadamente com o companheiro a propósito de uma senhora inglesa com quem reatara relações ultimamente, em certo lugar da ilha do Canal; conhecera-a quando era ainda moça, no tempo em que morara em São Francisco com o pai e a mãe. Seu pai — explicava o que estava falando — era um antigo explorador de pedreiras da Inglaterra, afastado dos negócios; mas quisera meter-se em especulações e perdera quase toda a fortuna. Além disso, Pierston pôde ouvir que a filha, agora viúva, chamava-se Senhora Leverre e tinha um enteado (pois o marido, um senhor de Jersey, era viúvo ao casar), que prometia ser "alguém" no futuro.

Pierston ia ouvindo distraídamente; de súbito, porém, sentiu-se surpreendido com a semelhança que tinha esta história com a de Márcia. Esta idéia preocupou-o, pois apesar de quarenta anos de separação, sentira muitas vezes o desejo de saber notícias sobre a velha amiga. Seria interessante indagar dos estrangeiros a respeito. Por que não fazê-lo na primeira oportunidade?

Não podia despertar-lhes a atenção, pois separavam-nos vasos de flores sobre as mesas e, ainda que isso fosse fácil não o faria, não era o seu temperamento dirigir perguntas em público. Esperou que o jantar terminasse e, quando os dois estrangeiros se levantaram da mesa, foi atrás deles.

Não os viu no salão e informaram-no que haviam saído. Não era provável encontrá-los; mas Pierston, perturbado pelas observações que acabava de fazer, pôs-se a andar de um lado para outro da Piazza di Spagna, na esperança de descobri-los. As ruas próximas desapareciam no escuro e as torres da igrejas apresentavam uma tonalidade alaranjada; mas a sombra ia aumentando aos poucos à medida que os olhos desciam ao longo dos edifícios até às velhas pedras, onde as pessoas subiam e desciam sem cessar, com uma insignificância de negras formigas. As trevas envolviam a casa do lado esquerdo, onde outrora vivera Shelley, e a da direita, onde Keats morrera.

Ao voltar ao hotel, soube Pierston que os norte-americanos só vinham ali para fazer refeições e que se hospedavam em outro lugar. Não tornou a vê-los e, considerando o caso, advertiu que não havia motivos para se preocupar. Que importância podia ter, para uma mulher caprichosa e longínqua como Márcia — admitindo que se tratasse dela, e a descobrisse — a tardia amizade que ele lhe pudesse oferecer?

Foi assim que procurou não pensar mais em Márcia. A segunda vez que ouviu falar da antiga ilha dos Piratas foi por intermédio de Ana Avícia. Escreveu-lhe por essa época uma carta em que, entre outras notícias, lhe anunciava a morte de Isaac. Morrera, no ano anterior num desastre na própria pedreira; também ela estivera doente, ainda que já agora felizmente restabelecida e perfeitamente bem à frente dos negócios. Terminava sugerindo-lhe qualquer coisa, na intenção de tornar a vê-la, caso aparecesse novamente na ilha.

Como Ana Avícia não lhe escrevera há muitos anos, seu confessado desejo de revê-lo deixou-o intrigado. Ali devia haver razões mais profundas, ainda que, era evidente pelo tom da carta, não pensasse nele como um antigo namorado. Pierston respondeu dizendo que lastimava sua recente enfermidade e, tão logo voltasse para a Inglaterra, iria visitá-la.

Fez mais. A carta de Ana Avícia, demonstrando o desejo de revê-lo acordara nele velhas saudades da ilha natal, aproveitou-se desta circunstância para voltar imediatamente. Uma semana depois, ei-lo de novo junto ao penhasco, tão familiar para ele, onde as habitações se estendiam tal um bando de escuras pombas nos beirais de uma velha casa.

No Top-o'-Hill, como geralmente denominava o cume do penhasco, Pierston estacou, olhando a atividade nas pedreiras, onde os guindastes espalhados de distância em distância, em baixo, davam a impressão de negras aves pousadas ali aos bandos.

Aproximou-se de um grupo de trabalhadores, informando-se do desastre que no ano anterior vitimara o marido de Ana Avícia. Foi assim que soube que, apesar de viúva agora, esta levava uma vida feliz, muitos se aproximando dela, e oferecendo-lhe obséquios, ainda que de nada necessitasse. Considerando então que, visto as coisas se terem encaminhado dessa forma, não era preciso ir vê-la, resolveu voltar. Não havia necessidade alguma de surpreendê-la sem aviso prévio. E quem sabe até, se no fim de contas, aquele desejo não aparecera num momento sentimental, pois depois de vinte anos de separação era natural que o considerasse um estranho.

Desceu; e tomou o trem, que marginando sempre o mar, o conduziu à povoação vizinha situada a cinco quilômetros, onde se hospedara por alguns dias.

Enquanto esteve ali, sentiu que renasciam suas simpatias pelo lugar. De qualquer parte em que se encontrasse, via à distância a ilha querida de sua infância e mocidade, estendida ao sol como um gigantesco caracol. Principiara a primavera. Os pequenos vapores locais começavam a navegar; Pierston não podia furtar-se ao prazer de excursionar num ou noutro, indo para a coberta, enquanto eles cortavam docemente a água, a fim de avistar de longe as ruínas do Castelo de Red King, atrás do qual ficava a aldeia das pedreiras de Leste.

Assim ia passando o tempo e Pierston adiava de dia para dia a sua visita a Ana Avícia. Neste ínterim, chegou-lhe nova carta trazida em mão por terceira pessoa. Dizia que soubera que ele se encontrava na ilha e supunha-o hospedado em algum lugar perto. Então, por que não a viera visitar como lhe pedira? Pensava continuamente e desejava revê-lo.

O tom da carta deixava transparecer certa ansiedade e, sem dúvida, Ana Avícia tinha algo mais a dizer-lhe que não quisera confiar ao papel. Mas que poderia ser? Resolveu ir no mesmo dia.

Ana Avícia, em quem durante tantos anos não pensara quase, de novo adquiria grande importância em suas cogitações. Por outro lado, Pierston estava convencido de que se transformara a seus olhos a maneira de encarar as mulheres. Em tempos passados, a mulher não havia sido para ele senão a temporária morada de seu tipo ideal! hoje, ao contrário, seu coração mostrava-se disposto a ser fiel à pessoa amada, com suas imperfeições de pequena importância, que em vez de afastá-lo até o aproximavam mais. Este sensato sentimento, ainda que mais nobre e delicado, não suprimia entretanto o drama amoroso. Sentia os mesmos inquietos e dolorosos movimentos da paixão, como na mocidade, sem os compensadores intervalos que acompanhavam o seu desaparecimento.

Informaram Pierston de que desde muito já Ana Avícia não habitava a pequena casa de sua propriedade. E a suas perguntas, disseram-lhe que vivia exatamente na casa que fora dele. Como antigamente ela se erguia em frente ao Canal da Mancha, confortável e espaçosa: as árvores da estrada haviam crescido um pouco e a fachada fora repintada. Sem dúvida havia morado ali um homem com dinheiro.

A enlutada viúva que o recebeu na sala não era — ai dela! Senão a sombra de Ana Avícia. Como podia tê-la imaginado de outra maneira no fim de vinte anos? Contudo, quase inconscientemente, imaginava-a diferente, talvez porque ele próprio não se sentia mudado. Foi isto mesmo a primeira observação de Ana Avícia:

— Mas será possível! Não mudou nada.
— Realmente, Avícia, realmente, respondeu tristemente Pierston, eu não mudei nada.

Pois sua incapacidade de assimilar-se à sua geração, colocava-o fora de seu tempo. Ah, esta persistente mocidade de coração num corpo envelhecido, que coisa cômica, senão trágica!

— Felicito-o por isto, disse Avícia. Ah, quanto a mim, os sofrimentos me envelheceram, me consumiram.

— Eu soube... e pode crer que senti muito.

Ana Avícia continuou observando-o com grande curiosidade e interesse, enquanto ele, por sua vez, não ignorava os pensamentos que lhe cruzavam pela cabeça! que aquele homem a quem considerara como muito mais velho que ela, no caminho da vida, era agora um contemporâneo, e com ela contemplava o mundo da mesma altura.

Pierston tinha vindo visitá-la na secreta esperança de uma visão, que, uma vez olhada de perto, desaparecera — mas, expulso brutalmente de seu sonho pela dura realidade, não se decidia a partir.

Falaram do passado; de sua antiga intimidade, que ela naquele tempo desprezara, e a que agora dava mais importância que ele. À medida que o tempo passava e a visita prolongava, a segunda Avícia ia adquirindo maior interesse a seus olhos. Pierston imaginou que entre ambos havia um singular intimidade porque ela habitava a mesma casa em que ele nascera. A igualdade dos sobrenomes, ao lado da identidade de residências, despertava nele profunda emoção.

— Aqui costumava sentar-me quando era pequeno, disse, aproximando-se da lareira, onde, através da janela, se via uma larga perspectiva. Daqui eu avistava uma ondulante copa de tamarineiro, nesta época do ano, e mais longe, a abrupta pedreira que avança até o mar. Às noites, o mesmo farol flutuante que brilha na distância. Venha cá, sente-se aqui, isto me dará grande satisfação.

Ana Avícia arrastou a cadeira para o lugar que ele lhe indicava, ficando Pierston muito perto dela, contemplando os mesmos familiares objetos de sua infância. O rosto de Ana Avícia pensativo e cansado, revelando os vestígios de uma difícil vida conjugal, tocava no peito de Pierston que se inclinara um pouco sobre ela.

— E agora você é a moradora e eu o visitante, disse Pierston. Gosto de vê-la aqui, gosto muito, Avícia! Acho que está bem acomodada, não?

E lançou um olhar em torno da sala, reparando os sólidos móveis de acaju, o piano de cauda e a pequena biblioteca.

— Sim; quanto a isso, Isaac me deixou bem. Até foi ele quem teve a idéia de nos mudarmos de nossa pequena casa para esta. Comprou-a, e é aqui que espero acabar meus dias.

Pierston ficou pensativo; não somente sua antiga adoração, transformada agora em simples amizade, mas igualmente grande número de pequenas circunstâncias, pareciam — convidá-lo a reparar de uma vez para sempre a velha falta com a mãe, casando-se com a filha. Se já não mais a amava, *como* no tempo em que era uma esbelta moça, e em que andava atrás de ratos em seu apartamento de Londres, certo era que agora bem se podia contentar com o seu papel de amiga que, levando em conta a idade, podia ser para ele um motivo de felicidade. Ao cabo, ela tinha apenas quarenta anos, ao passo que ele seus sessenta. Sentia-se tão fortemente convencido deste sentimento, que por alguns instantes acreditou na felicidade de serenar enfim seu insatisfeito e inquieto coração.

— Bem, afinal ei-lo aqui, prosseguiu Ana Avícia. Ei-lo aqui, o que muito lhe agradeço. Não gosto de escrever cartas e, apesar disso, precisava revê-lo. Então, será que compreendeu minha insistência em vê-lo, ao ponto de escrever-lhe duas vezes?

— Esforcei-me para adivinhá-lo, mas em vão...

— Pois faça-o de novo. É um motivo insignificante, mas espero que não leve a mal.

— Estou certo que não o adivinharei. Mas antes de falar, vou dizer-lhe umas coisas por minha conta. Sempre tive grande interesse por você, e pode continuar contando comigo para o futuro. A nossa amizade vem de vinte anos... Mas, na realidade, é de muito mais longe — vem do dia em que, aos dezoito anos, eu encontrei a estranha mulher com que você se parece como a uma irmã. Bem, não ignora como essa história acabou. Eu era jovem, inexperiente... Contudo, é doce e consolador para mim pensar que hoje eu e a filha daquela mulher somos amigos.

— Ah, lá vem ela! exclamou subitamente Ana Avícia, cuja atenção se desviara aos poucos do que Pierston estava falando.

E olhando pela janela aberta, acompanhava a aproximação da silhueta de uma moça descendo os rochedos.

— Saiu a passeio, continuou Ana Avícia. Admiro-me de que venha hoje aqui; faz tempo que está empregada como governanta no Castelo.

— Oh, realmente ela...

— Sim, recebeu uma educação muito perfeita. Melhor até que a de sua avó. A minha foi muito descuidada, e Isaac e eu resolvemos não descurá-la. Pusemos-lhe o nome de Avícia, na intenção de perpetuar esse nome, como sugeriu antigamente. Gostaria de vê-los conversar, tenho certeza de que a achará interessante.

— Então é aquele bebê? murmurou Pierston.

— Sim, é ele.

Agora via-se perfeitamente a pessoa sobre quem falavam. Era moça, uma edição mais moderna e atual das duas Avícias, às quais durante quarenta longos anos estivera ele ligado. Muito jovem, de um porte altaneiro, quase elegante era mais bela de rosto que sua avó e sua mãe, e dava a impressão de uma perfeita mulher, apesar dos pouco anos que devia ter. Trazia um largo chapéu com abas em forma de rodas, os raios de musselina, e debruado de preto. Os cabelos caiam-lhe sobre a fronte, em duas grossas tranças que refletiam a sua cor na íris, de seus grandes olhos rasgados. Seus lábios, finos e nervosos, desenhavam um pequeno arco de um vermelho vivo, o que denotava um temperamento variável e capaz de bruscas transições, do afeto ao desprezo.

Era a terceira Avícia.

Jocelyn e a segunda Avícia ficaram contemplando-a com satisfação.

— Ah, não vem agora! Com certeza não tem tempo, disse Ana Avícia desapontada ao ver a filha se afastar. Mas talvez venha logo mais à noite, acrescentou.

Pierston ficou pensativo; a moça acabava de despertar nele os mais ternos sentimentos. Lá se ia... Era a imagem viva daquela que, quarenta anos atrás, o havia beijado. Ao afastar-se, da janela, seus olhos caíram sobre a Avícia intermediária que se encontrava a seu lado. Antes era apenas a relíquia da Bem-Amada; agora nem isto; agora era o seu vazio relicário.

Não podia negar que sentia verdadeira amizade por ela; mas não podia pensar mais em desposá-la: uma forte rival acabava de se revelar.

CAPÍTULO II

PRESSENTIMENTOS DE OUTRA REENCARNAÇÃO

Levantara-se Pierston com a intenção de despedir-se de Ana Avícia, mas de novo se sentou, ao oferecimento para que tomasse uma xícara de chá. Esquecera o tempo e, na secreta esperança de que a novíssima Avícia aparecesse, aceitou.

Não se lembrava agora de que, vinte anos atrás, chamara de divina, de encantadora, à atual Senhora Pierston; e que o tempo não poderia ter feito desaparecer as qualidades ocultas nestes dois adjetivos. Não reparou numa coisa: a segunda Avícia havia percebido a impressão que a filha acabava de fazer em seu espírito.

Pierston não conseguia calar em si a lembrança das ternas confidências que em outros tempos dirigira à mãe da novíssima Avícia. E ela sem dúvida lia isto em seu rosto, compreendia muito mais do que ele imaginava e conhecia seu temperamento ainda que ele acreditasse exatamente o contrário. A conversa entre ambos tornou-se uma simples conversa de ocasião; Pierston fazia uma ou outra observação — seu espírito, por fim, estava a léguas dali.

Ao perceber a situação, Pierston sentiu um calafrio. O estudo de sua arte em Roma, sem a compensação de outra atividade prática, havia contribuído para que sua sensibilidade se tornasse quase mórbida. Sentia que a antiga fatalidade — a sua maldição, como ele a chamava — de novo voltava a pesar sobre sua cabeça. A divindade não estava ainda aplacada por aquele pecado original que cometera contra sua imagem na pessoa da primeira Avícia; e agora, aos sessenta anos, ele se via como o judeu legendário condenado a vagar sem pouso, perpetuamente, pelo reino do Amor...

A Deusa, que para os outros era uma abstração, para Pierston era uma personalidade real. Contemplara sua imagem de mármore nas estátuas que enchiam seu "atelier"; admirara-a sob todas as suas formas em todos os jogos possíveis de luz e sombra; no esplendor das manhãs, na melancolia dos crepúsculos, à pálida luz da lua, ao clarão das lâmpadas. Ninguém como ele conhecia todas as linhas de seu harmonioso corpo. E podia afirmar, como verdadeiro conhecedor, que as três Avícias estavam interpenetradas pela essência da Deusa?

Voltando, pois, à realidade, Pierston murmurou:

— Então sua filha é governanta no Castelo?

— É.

Ana Avícia acrescentou a seguir que a filha costumava vir dormir em casa certas noites, pois sabia quanto ela, a mãe, se sentia sozinha e o prazer que experimentava com a sua presença.

— Julgo que ela sabe música, não? disse Pierston, olhando para o piano.

— Sabe, até muito bem. Recebeu a melhor educação que se lhe podia dar. Estudou em Sandbourne.

— Onde é o quarto dela, quando está em casa? indagou curioso.

— O pequeno quarto que fica exatamente em cima desta sala.

— Singular! exclamou Pierston.

É que aquele fora a sua habitação em pequeno.

Terminado o chá, resolveu esperar ainda um instante. A jovem Avícia não aparecia; a noite caía: Pierston não encontrava nenhuma desculpa para se deixar ficar.

— Espero conhecer qualquer dia sua filha, disse afinal, levantando-se.

E pela cabeça passou-lhe a idéia de que podia ter acrescentado: "a minha nova Bem-Amada".

— Também o espero, respondeu ela. Com certeza foi passear esta tarde, em vez de vir aqui.

— Ah, é verdade! Você não me disse até agora por que desejava me ver.

— Bem, falarei noutra ocasião.

— Como quiser. Mas se pretende falar-me alguma coisa que se refere a seus negócios, não tenha acanhamento — estou a seu inteiro dispor.

— Obrigada. Diga-me, voltarei a vê-lo brevemente?

— Mas sim, muito breve.

Depois que Pierston saiu, Ana Avícia pôs-se a olhar pensativamente para o lugar em que estivera sentado, e disse:

— É melhor que me cale. A coisa se fará por si mesma.

Saiu Pierston de casa; uma vez fora, não se sentiu com vontade de ir logo para a pequena cidade próxima. Deixou-se então ir andando ao acaso, pelas ondulosas estradas da ilha, pensando na extraordinária reprodução da original Avícia naquela recente forma que vira pouco antes, acusava-se de sonhador por se ter deixado tão subitamente fascinar por uma mulher que tinha apenas um terço de sua idade. Esta semelhança extraordinária entre pais e filhos, tão comum na ilha, alimentava mais ainda seus devaneios.

Depois de ter passado em frente do novo Castelo, afastou-se, descendo pelo atalho, tão familiar para ele, que conduzia às ruínas do velho Castelo Red-King. Passando pela pequena casa em que nascera a novíssima Avícia, parou um instante no lugar em que ouvira seus primeiros vagidos, e pôs-se dali a contemplar a lua, que apontava, fazendo-se anunciar por uma pálida claridade.

Assaltaram-no então exaltadas fantasias; a visão da lua nova, símbolo da inconstância, reforçou-lhe a convicção de uma Bem-Amada migratória, e teve mesmo a impressão de que o fitava do fundo do horizonte. Muitas vezes se ajoelhava, em pensamento, diante desta fraternal divindade enviando-lhe beijos em segredo. Grande fora sempre a influência dela sobre sua alma.

A maldição que se escondia em seu temperamento (se não era benção), estava ainda muito longe de extinguir-se.

Não distante, pesadas e sombrias, as ruínas do Castelo assombravam diante do mar. Naquele lugar, em criança, muitas vezes havia ele brincado. Seguia em direção do lugar, entregue a mil pensamentos e doces recordações. O vento não se fazia sentir, apenas uma sutil brisa soprava; mas Pierston teve a impressão a certa altura de ouvir uma voz conhecida. Vinha do lado dos rochedos.

— Senhora Atway!

Houve um breve silêncio; não apareceu ninguém. Segunda vez a voz insistiu:

— John Scribben!

De novo ninguém respondeu a este chamado; e a voz, agora suplicante:

— William Scribben!

Não havia dúvida de que esta voz era de Avícia, da mais jovem delas, por certo. Era de crer que estivesse em perigo para chamar desta maneira. Um estreito caminho serpenteavado entre os rochedos e as ruínas do castelo, de onde pareciam vir os gritos da pessoa que chamava. Pierston tomou por ele, e não demorou em descobrir uma moça vestida com roupa de todo dia. Era a mesma que pouco antes avistara da janela e que, com o pé preso entre duas pedras, parecia impossibilitada de fazer o menor movimento. Pierston se aproximou, solícito:

— Oh, obrigado por ter vindo, murmurou ela com certa timidez. Ora, que coisa desagradável me aconteceu! Moro aqui perto e, aliás não sou medrosa. — Mas meu pé ficou preso nesta fenda e já fiz todos os esforços para tirá-la, em vão. Que fazer?

Jocelyn curvou-se para examinar direito a causa do acidente e disse:

— Acho que só lhe resta uma coisa: retirar o pé, deixando a bota no lugar.

A moça procurou seguir o conselho, mas em vão. Pierston resolveu então meter a mão na fenda, até alcançar os botões da bota, sem também consegui-lo. Tirando um canivete, cortou um a um os botões. Deste modo, aberta a bota, pôde a moça retirar o pé.

— Oh, que contente estou! exclamou com entusiasmo. Imagine que fiquei com medo de ter de ficar aqui a noite inteira. Nem sei como agradecer-lhe.

Pierston procurava com violência retirar a bota e nada conseguia. Por fim a moça falou:

— Não adianta, é melhor deixar. A casa não é longe, poderei ir só de meias.

— Mas eu quero ajudá-la.

Respondeu que não precisava de auxílio; contudo, aceitou que a acompanhasse do lado descalço. E à medida, agora, que caminhavam, ela pôs-se a explicar que saíra pela porta do jardim para admirar o espetáculo que oferecia o mar iluminado pela lua, e ao pular para baixo, o pé ficara preso entre as duas pedras, como vira.

Qualquer que fosse a idade que Pierston demonstrava à luz do dia, no escuro da noite dava a impressão de um homem simpático e não muito velho, pois sua silhueta quase não mudara: era o mesmo dos trinta anos.

Estava bastante conservado, busto ereto, sempre bem barbeado e ligeiro de movimentos. Nessa noite vestia um terno muito bem talhado, que lhe dava melhor aspecto ainda; em resumo, podia muito bem ter a idade que ela lhe dava naquele momento. Falava-lhe a moça num tom de igualdade, como se admitisse não ser ele muito mais velho que os de sua geração; e como era de noite, Pierston procurou tirar partido disto, dando à sua voz um acento que ajudava a fortalecer a suposição.

A desembaraçada e espontânea maneira de ser, da antiga aluna de pensionato, que Avícia adquirira em Sandburne, favorecia grandemente Pierston no papel de jovem galã, que aliás não lhe era difícil desempenhar. Não lhe adiantou uma palavra sequer a respeito de ser filho da ilha, e com maior cuidado, silenciou a circunstância de outrora ter cortejado sua avó e prometido casamento.

Soube Pierston que a moça saíra a passear transpondo a mesma porta do jardim do moderno Castelo, porta que ele em outros tempos tantas e tantas vezes havia usado ao ir a seus solitários passeios pelos rochedos. Acompanhou-a até perto do Castelo, que estava muito melhor tratado e com o jardim mais bonito que na época em que ele o ocupara sozinho. Quase o haviam restaurado, dando-lhe a mesma aparência dos antigos dias de sua mocidade.

Tal como sua avó, Avícia era demasiado inexperiente para ser reservada, e, subindo o estreito caminho, apoiou-se em seu braço com certo abandono. Quando Pierston se despediu, no escuro, uma grande tristeza tomou-lhe a alma, fazendo desaparecer o passageiro prazer que acabava de proporcionar-lhe a companhia da moça.

Se por acaso Mefistófeles aparecesse neste mundo, de súbito, e lhe oferecesse a mocidade em troca da alma, o escultor teria aceito com prazer a negociação desta parte de si mesmo que nesta altura da existência lhe era menos necessária que uns lábios vermelhos, uma face rosada e uns longos cílios recurvos.

Mas por que nascera com tal natureza? E aquela complexa inclinação era devida, sem dúvida, a um encontro de circunstâncias que só se podiam realizar na ilha. As três Avícias — a segunda um pouco parecida à primeira, e a terceira, glorificação perfeita de ambas — deviam suas semelhanças ao velho costume da ilha de realização de casamento entre parentes, resultando que o tipo fisionômico se transmitia quase inalterável de pais a filhos através de várias gerações de modo que, até não muito tempo, vendo um homem ou mulher da ilha, estava-se vendo todas as pessoas daquele solitário penedo.

Melancolicamente, Pierston deu a volta, afastando-se daquele aprazível lugar. Antes de se pôr a caminho pela estrada que o levava à povoação próxima, foi de novo aos rochedos onde a encontrara com a intenção de ver a fenda que aprisionara a nova edição tão terrivelmente tarda da Bem-Amada. E ao encontrá-la, ajoelhou-se tirando a bota com esforço. Contemplou-a um momento, depois guardou-a no bolso e ganhou a pedregosa estrada de Street of Wells.

CAPÍTULO III

A RENOVADA IMAGEM DEIXA VESTÍGIOS DE SI

Nada impedia Pierston de fazer visitas à mãe da novíssima Avícia, quantas vezes quisesse, a não ser as cinco milhas da estrada de ferro e as duas mais inevitáveis subidas para alcançar os altos da ilha. Assim, dois dias mais tarde, repetiu a viagem, e à hora do chá encontrava-se à porta da casa da viúva. Como pressentira, a filha não se encontrava em casa. Sentou-se perto da antiga adorada de seu coração, que em tempo passado eclipsara a beleza da mãe e que agora era eclipsada pela filha. Tirou a bota do bolso e apresentou-a a Ana Avícia.

— Ah, então foi você quem ajudou Avícia? fez ela, surpresa.

— Sim, querida amiga, e talvez lhe peça para fazer o mesmo comigo antes de acabar esta conversa. Falaremos disso. Que pensou ela da aventura?

A Senhora Pierston contemplava-o pensativa, e respondeu com demonstração de verdadeiro interesse:

— É estranho que haja sido você. Pensei que tivesse sido um moço, isto é, um homem mais moço que você.

— Poderia, sim, ser um moço com relação aos sentimentos. Virtualmente faz muitos anos que conheço sua filha. Ao falar-lhe, fácil me foi antecipar o movimento das suas idéias, cada um de seus sentimentos, a tal ponto estudei estas particularidades em sua mãe e você. Não tenho necessidade de aprender a conhecê-la; ela já se revelou a mim nas existências que precederam a sua. Ouça-me: estou resolvido a casar com ela; será para mim a maior das alegrias se nada se opuser a isso. Bem sei quanto esta pretensão é louca, mas, apesar de tudo, creio que a proposta nada encerra de humilhante para ela. De minha parte e você não o ignora posso fazê-la rica, satisfazer perfeitamente todos os seus caprichos de mulher. Eis aqui, sem mais, minha intenção francamente exposta. Isto, aliás, tranquiliza-me de um remorso que me acompanha há cerca de quarenta anos. Depois de minha morte ela teria inteira liberdade e todos os meios, materiais, para desfrutá-la.

A Senhora Pierston mostrou-se ainda surpresa, mas de nenhuma forma exagerada, e foi com maliciosa simplicidade que exclamou:

— Já estava desconfiada de que começava a gostar dela. Conhecendo como conheço o seu feitio, nada que venha de seu temperamento pode me causar admiração.

— Mas, quero crer, não me julgará absolutamente mal, não?

— De maneira nenhuma. A propósito, adivinhou por que insisti tanto que me viesse visitar? Bem, agora pouco importa... São águas passadas... Naturalmente, isso depende de Avícia. Sem dúvida quer casar com um rapaz de sua idade.

— E supondo que não lhe interessasse, no momento, nenhum rapaz, hein?

Podia ler-se facilmente no rosto da Senhora Pierston que bem sabia apreciar o valor entre um pássaro na mão e cem voando. Olhou Jocelyn dos pés à cabeça e respondeu:

— Reconheço que daria um ótimo marido, melhor até que qualquer rapaz com a metade de sua idade. Por outro lado, apesar da diferença de idade entre ambos, não constitui isso novidade, têm-se visto até casamentos mais desiguais. Como mãe, posso desde já prometer-lhe que não me oporei a sua união, se agradar a ela. Mas aí é que reside a dificuldade.

— Pois eu desejava que você me ajudasse a vencer essa dificuldade, respondeu ele docemente. Lembre-se de que eu há vinte anos atrás reconciliei seu marido com você...

— Realmente; e ainda que isso não tenha sido para mim motivo de felicidade, sempre compreendi que suas intenções eram as melhores do mundo. Por você, seria capaz de fazer o que não faria por mais nenhum homem; há um motivo todo especial que me leva a tomar seu partido no caso de sua pretensão para com Avícia é que em você, estou certa de que teria um ótimo marido.

— Bem, vamos ver. De qualquer forma esforçar-me-ei por merecer seu conceito. Olhe, Avícia, em memória do nosso passado, deve ajudar-me. Nunca sentiu por mim senão amizade; quero crer que isso torna mais fácil seu papel de intermediária.

Ana Avícia prometeu fazer o que estivesse ao seu alcance. E para dar prova de suas boas intenções, convidou-o a esperar ali até a noite. Mas enquanto esperavam, não lhe confessou quão simples o achava, pois não percebera que, ao escrever-lhe, já estava trabalhando a seu favor.

Pierston, que contava já com o interesse que na véspera, nos rochedos, havia despertado em Avícia, sentia-se inquieto à lembrança de encontrar-se com ela à luz do dia, antes de haver avançado um pouco mais em seu afeto.

Por isso ficou perplexo ao ouvir o convite; mas a Senhora Piersfon insinuou que podiam sair ambos a passear para os lados de onde Avícia devia aparecer, caso viesse naquela noite.

Pierston aceitou; pouco depois encaminharam-se pela branca estrada batida pela luz argêntea da lua. Ao alcançar as imediações do Castelo de Silvânia, voltaram. Após duas ou três idas e voltas entre o Castelo e a casa, viram afinal aparecer a que esperavam.

Não foi difícil a jovem identificar no companheiro da mãe o senhor que lhe viera em socorro, nos rochedos, e ela pareceu satisfeita em ver que tão distinta pessoa era um velho amigo da família: Lembrava-se de ter ouvido falar de Jocelyn como de um escultor famoso, cujos ascendentes eram ilhéus, e, a julgar pelo nome, da mesma família que ela.

— Então o senhor morou no Castelo do Silvânia, senhor Pierston? perguntou com sua ingênua voz de criança. Faz muito tempo isso?

— Sim, faz, respondeu ele, o coração batendo à idéia de que ela pudesse sabê-lo ao certo.

— Nessa época, então, eu não estava na ilha, ou era muito pequena...

— Não creio que estivesse ausente da ilha, não.

— Não? Mas também não me encontrava aqui!

— Não não, estava aqui.

Assim, falando em termos gerais, seguiram conversando até chegarem à porta da casa da Senhora Pierston; mas Jocelyn não acedeu ao insistente convite da viúva para entrar e resistiu a seu próprio desejo, despedindo-se ali mesmo. Correr o risco de perder o que já conseguira junto à Avíce reencarnada, até ali, exigia muito mais coragem do que se sentia capaz naquele momento.

Passeios como estes repetiram-se durante o verão inteiro. Como eram bons caminhantes, certa vez combinaram encontrar-se a meio-caminho entre a ilha e a povoação costeira, onde Pierston se hospedara.

Era impossível que a moça não tivesse percebido ainda a finalidade destes constantes passeios; mas julgava que Pierston tinha a mãe e não ela em vista, ainda que não lograsse compreender como aquele cavalheiro tão educado e rico pudesse gostar de sua mãe, uma mulher (e ela, educada à moderna, o percebia), sem cultura, vulgar.

Conforme combinaram, encontraram-se na praia das pedras. Pierston vinha do continente, as duas mulheres da penedia solitária. Atravessaram a ponte de madeira que liga a praia à costa propriamente dita, encaminhando-se para o Castelo de Henrique VIII, que se erguia do alcantilado penhasco.

Como o Castelo de Red King na ilha, estava aberto, e quando eles aí entraram a luz da lua os envolveu, Jocelyn perdeu então a consciência do presente sob a doce influência das recordações que lhe vieram em tumulto. Nenhuma de suas companheiras podia adivinhar seus pensamentos. Fora ali que ele encontrara a avó da moça que estava a seu lado, e fora igualmente ali que se teriam comprometido em casamento se um ridículo escrúpulo não a tivesse feito desistir do encontro à última hora. Curiosa sensação pensar que, se ela tivesse vindo, toda a sua vida teria sido outra...

Quarenta anos haviam passado... Quarenta anos sem Avícia... Mas eis que hoje aquela que amara ressuscitava tal como era... Mas, ai dele, ai dele, que já não era o mesmo! E nada disto sabia a mocinha que estava ao seu lado.

Aproveitando um momento em que a novíssima Avícia se afastou para olhar o mar, Pierston observou à Senhora Pierston em voz baixa:

— Você insinuou-lhe alguma coisa a respeito de minhas intenções? Não? Pois julgo que já o podia fazer se não vê nenhuma inconveniência.

A senhora Pierston, viúva e experimentada, estava hoje muito longe de portar-se friamente como outrora, para com o antigo namorado. Fosse ela agora escolhida dele, não seria preciso propor-lhe duas vezes. Mas, como boa mãe, fez calarem-se seus sentimentos e respondeu que ia sondar a propósito a filha.

Aproximando-se da muralha de onde a moça contemplava o mar, disse:

— Avícia! Minha querida filha, que diria se o senhor Pierston se interessasse por você, se a cortejasse, como se dizia antigamente? Admitindo que assim fosse, você lhe daria esperanças?

— A mim, minha mãe? respondeu Avícia sorrindo. Eu pensava que ele se estava interessando pela senhora!

— Não, não. Para mim não é senão um simples amigo.

— Bem, não tenho nenhuma resposta a dar, disse Avícia.

— É um homem encantador. Tem uma bela casa em Londres, para onde a levaria. Com a educação de que você dispõe, seria muito mais interessante, que deixar-se ficar a vegetar nesta ilha.

— Meu Deus, evidentemente isso não me desagradaria! fez Avícia com displicência.

— Pois então encoraje-o.

— Não me interessa tanto assim. Acho que cumpre a ele dar os primeiros passos.

Falava com boa disposição; mas o resultado foi que quando Pierston, que se havia afastado, de novo se aproximou, a mãe deixou-se ficar um pouco atrás e a filha caminhou docilmente, ainda que um pouco melancólica, talvez, ao lado do escultor. Chegaram a uma brusca descida; Pierston tomou-lhe a mão, ela consentiu, quando já estavam na estrada, que continuasse a segurá-la.

Não era um passeio perdido para aquele homem de singular temperamento, ainda que o êxito inicial talvez significasse para ele alguma coisa de pior do que um fracasso imediato. Até ali nada havia de extraordinário na docilidade da moça. Pierston vestido a última moda, e à luz da lua, apresentava muito bom aspecto.

Seus conhecimentos artísticos e seus modos de homem que viajou muito não eram destituídos de atrativo para uma moça que, por um lado pertencia à educada classe média e, por outro, aos rudes e pacatos habitantes da ilha. Sua maneira de ser e suas predileções eram influenciadas por pontos de vistas peculiares e locais.

Pierston teria chamado de egoísmo sua paixão por ela, se não visse uma qualidade redentora na tocante memória de que datava seu amor, e o tornava mais terno, mais anelante e protetor que outrora. Sem dúvida neste amor entrava muito do juvenil fervor que caracterizara semelhante afeto quando tinha o rosto jovem e ligeiro o andar, como os da moça agora, mas se tudo isto eram sentimentos da mocidade, ainda existiam outros.

A senhora Pierston, receosa de ser franca, não parecesse que cobiçava a fortuna de Jocelyn, não reparou no carinho com que a tratara, num esforço de reparar a infidelidade para com a família, quarenta anos atrás. Os anos não o haviam tornado egoísta, mas diminuído suas ambições; e ainda que seu desejo de casar-se com Avícia fosse unicamente na intenção de enriquecê-la, a consciência de lhe dar com aquele casamento muito mais do que ela podia desejar, permitia-lhe aceitar sem remorso aquela situação.

E afinal, observava consigo Pierston, diante do espelho na manhã seguinte, não era ainda tão velho, dando até a impressão de muito mais moço do que era na realidade. Apenas tinha gravada no rosto a sua história amorosa.

Sua fronte não era mais a folha em branco de outros tempos; bem conhecia a origem daquela funda ruga que a cortava: um terrível sofrimento amoroso a marcara em menos de um mês. Lembrava-se da aparição dos primeiros cabelos brancos: datavam de uma longa doença sofrida em Roma, época em que ele a cada noite pensava que não veria a luz do novo dia.

Aquelas rugas que lhe marcavam mais fundamente o rosto eram resultados dos meses de abatimento, do invencível desânimo em que tudo parecera conjurar-se contra a sua arte, sua energia e sua felicidade.

Murmurava de si para si: "Jocelyn, você não pode viver e ao mesmo tempo deter a vida". O tempo lutava contra ele e contra o Amor — decerto o vencedor seria o tempo.

"Quando me separei da primeira Avícia", continuava ele com tristeza, "tive o pressentimento de que num dia futuro me arrependeria. E estou sofrendo e sofro desde essa época, desde que meu Ideal se encarnou em uma só criatura".

Em suma, bem sabia quanto era louco abandonar-se a este novo amor, mas faltavam-lhe forças para lutar contra a corrente — e entregar-se a ele.

CAPÍTULO IV

UM DESESPERADO ESFORÇO PELA ÚLTIMA REENCARNAÇÃO

O aparecimento de Somers com as filhas na Esplanada de Budmouth interrompeu-lhe este namoro com a jovem Avícia, tão habilmente arranjado por sua mãe. Alfredo Somers, outrora tão jovem e alegre como sua pintura, era agora um homem maduro, respeitabilíssimo com seus óculos e a sua caravana de filhas de várias idades, que contribuíam largamente para o progresso dos alugadores de cabines na praia.

A senhora Somers — outrora a intelectual e emancipada senhora Pine-Avon regredira à tímida e estreita disposição de espírito de mãe e avó, examinava cuidadosamente as manifestações de arte e literatura que pudessem cair sob os inocentes olhos das filhas, afastando delas a brutal realidade da vida. Ela era bem uma ilustração viva da verdade dessas gerações de mulheres que não progridem e perdem, ao se casarem, o desenvolvimento intelectual que adquiriram na mocidade. É verdade que isto não se realiza por culpa própria, mas apenas pelas dificuldades que encontram na educação dos filhos.

O pintor de paisagens, já acadêmico como Pierston, porém mais popular que célebre, havia abandonado os "motivos" pictóricos, a pintar os aspectos sorridentes da Natureza, destinados a ornamentar salas e que, diga-se, eram notáveis em seu gênero. Deste modo recebia bom número de cheques de pessoas ricas da Inglaterra e América, com o que construiu uma confortável residência e educava as filhas.

O encontro com o velho amigo, sua família, sua situação social, causara certa tristeza a Pierston. Também ele fora um contemporâneo do pintor... Quem sabe não estava, sem o perceber em vésperas de tornar-se um segundo Somers! E foi tão forte em seu espírito o horror que teve de tudo isto que, durante os quinze dias de estada de Somers e da família no balneário, evitou ir à península, ainda que seu poético contorno dominando junto às águas do mar constituísse um permanente irresistível convite.

Quando o pintor e sua família acabaram a temporada em Budmouth e voltaram para Londres, Jocelyn pensou que também lhe cumpria fazer o mesmo. Contudo, ir-se embora sem se despedir de Ana Avícia, sua velha amiga, não ficava bem. Uma tarde, à hora mais própria para visitá-la, tomou o trem, dirigindo-se para a ilha através do istmo. Anoitecia quando chegou aí.

Havia uma luz acesa no andar de cima. Ao indagar pela amiga, informaram-no de que se encontrava doente, ainda que não fosse grave. Ao saber que a filha estava ali, Jocelyn ficou indeciso se devia ou não entrar, e mandou-lhe por fim um recado perguntando se podia vê-la. Mas a senhora Pierston já ouvira sua voz e mandou dizer que teria grande prazer em vê-lo.

Não podia recusar-se sem cometer uma grosseria; mas, rápido como um relâmpago, passou-lhe pela idéia que a jovem Avícia ainda não o vira senão à noite e decerto julgava-o trinta anos mais moço. Foi pois com apreensão que o escultor subiu a escada e entrou no pequeno salão transformado em quarto de dormir.

A senhora Pierston estava recostada em um divã; era de impressionar a magreza de seu pálido rosto em comparação com o curto espaço de tempo em que caíra doente.

— Entre, disse ao ver Jocelyn, estendendo-lhe ao mesmo tempo a mão. Não se assuste com o meu aspecto.

Avícia estava sentada ao lado da mãe, lendo. Levantou-se vivamente, parecendo não tê-lo reconhecido no primeiro instante.

— Oh, é o senhor Pierston!

E imediatamente acrescentou, com evidente admiração:

— Eu pensava que o senhor Pierston era...

A frase ficou incompleta; mas logo, diante de sua atitude, Jocelyn compreendeu a continuação: "mais moço", quisera ela dizer. Se não a tivesse visto de novo, teria podido suportar com filosofia este cruel julgamento, mas estava vendo-a e um sentimento profundamente enraizado em seu coração e que ele julgava morto, acordava inesperadamente.

Soube então Jocelyn que Ana Avícia vinha sendo vítima há muitos anos e, freqüentemente, de repentinas crises desta espécie. Angina do peito, dizia o médico. Naquele momento estava melhor, ainda que muito fraca e nervosa. Contudo, não quis falar sobre si própria, antes, aproveitando uma breve ausência da filha, tocou no assunto que a preocupava.

Nenhum escrúpulo dos que haviam torturado Pierston, devido à desproporção de idade entre ele e a moça, inquietara Ana Avícia. Para ela o escultor tinha sempre quarenta anos. A impaciência pelo fato de Jocelyn não ter aparecido mais, influira sobre sua saúde e isto tornava-a agora mais franca.

— Os padecimentos e as preocupações despertam em nós toda espécie de temores, Pierston, disse a viúva. Quando se entendeu comigo, há um mês atrás, não fiquei muito alegre; mas estive refletindo melhor, ultimamente, e gostaria de que seu desejo se realizasse. Obrigada por ter vindo.

— Você se refere à intenção de casar-me com Avícia?

— Sim. Não mudou de idéia, pois não? Ou mudou? Quero crer que não, e é por isso que desejo... enfim, que se esforce junto dela para que o aceite. Avícia não é mulher de senso prático, como eu o fui. Dificilmente se deixaria ficar aqui, casada com um ilhéu. Oh, não sei o que será dela, temo tanto deixá-la sozinha no mundo!

— Mas você não está prestes a deixá-la minha velha amiga.

— Não sei; são tão fortes as crises em certas ocasiões. Chego a desejar a morte, o descanso. Então... aceita Avícia como sua esposa?

— De todo o coração. Ela é que talvez não me queira.

— Não creio que seja tão hostil quanto julga. Estou certa que se lhe falar francamente, receberá resposta favorável.

Entraram a conversar a esta altura sobre os primeiros dias em que se conheceram. Não tardou que Avícia aparecesse de novo na sala.

No fim de alguns instantes, a mãe lhe disse: Avícia, voltemos àquele assunto sobre que lhe falei quando ultimamente sofri aquela crise grave. Aqui está o senhor Pierston, que deseja tornar-se seu marido! É muito mais velho que você; contudo, de minha parte julgo que você não poderia encontrar outro melhor. Bem vê você o estado em que me encontro, talvez não tenha muitos dias de vida. Diga-me, você o aceita?

— Oh, mamãe, mas a senhora não vai morrer tão cedo... Até já está muito melhor.

— Apenas passageiramente. Olhe, o senhor Jocelyn é muito bom, inteligente e rico. Seria tanto do meu gosto que você se casasse com ele! Não posso dizer mais nada.

Avícia dirigiu um olhar de súplica ao escultor, abaixando em seguida os olhos.

— É verdade que deseja casar-se comigo? murmurou ela num tom quase imperceptível. Nunca me confessou nada, acrescentou, voltando-se para Pierston.

— Querida, como pode pôr tal coisa em dúvida ainda? respondeu vivamente. Mas é claro, ajuntou, que não pretendo violentar seus sentimentos, nem que você me aceite por simples piedade.

— Eu pensava que o senhor Pierston fosse mais moço, murmurou Avícia ao ouvido da mãe.

— Bem, isso pouca importância tem, pois as muitas qualidades compensam esse ligeiro inconveniente. Compare a situação dele com a nossa... É um grande escultor, Avícia, em Londres possui um grande "atelier" cheio de estátuas, onde em outros tempos trabalhei com ele... Não tenho à menor dúvida de que ali você levaria a vida que lhe convém, enquanto aqui, nesta pobre ilha, que futuro pode ter?

Avícia nada respondeu. Era de temperamento calmo como a avó; ficou algum tempo calada, numa atitude de quem reflete, até que, afinal, respondeu serenamente:

— Bem, acho que devo dizer que sim, uma vez que a senhora me aconselha tal coisa. Vejo que é a voz da razão que fala. Por outro lado acabo de ver que o senhor Pierston está de fato apaixonado por mim...

Parecia a Jocelyn que estava vivendo um estranho sonho. Esta singular paixão, a que bem se podia chamar genealógica, incitava-o a continuar, ainda que o bom senso o estivesse advertindo: "Vai embora, vai embora!" A senhora Pierston tomou a mão da filha e colocou em cima da de Jocelyn.

Nada mais se falou, considerando-se resolvido o assunto. Instantes depois ouviu-se um ruído nas vidraças como se tivessem jogado um punhado de areia; Pierston foi à janela que lhe ficava mais próxima, e viu então o farol brilhar ao longe. Com a noite, uma espessa neblina envolvia as coisas. Jocelyn decidira fazer a pé as duas milhas até a estação; mas via agora que era verdadeira loucura tal idéia. Foi assim que aceitou jantar com elas, e, vendo que o tempo não melhorava, aceitou também o convite da senhora Pierston para que dormisse ali aquela noite.

Que curiosa sensação a de dormir numa casa em que morara quando era pequeno, quando seu pai não conseguira ainda fazer fortuna e seu nome, hoje célebre, não ultrapassara os limites de sua ilha natal!

Não pôde dormir muito; antes mesmo de clarear encontrou-se sentado na cama. Por que havia de continuar morando em Londres, uma vez casado? Evidentemente, casado com uma mulher jovem, a ilha era lugar muito mais indicado. Podia alugar o Castelo de Silvânia como antigamente; era até melhor tratar de adquiri-lo. Se alguma coisa podia a vida oferecer-lhe de interessante era exatamente um lar com Avícia, nos rochedos de sua ilha natal, onde podia acabar os poucos dias que ainda lhe restavam...

Enquanto se entregava a estas considerações, o dia foi clareando. E, erguendo a cabeça, notou uma estranha figura em sua frente. Sua cama estava perto da janela; fronteiro a ele havia um espelho — a estranha figura não era senão a sua própria imagem. Ao reconhecer-se, sobressaltou-se. O homem que se refletia na fria superfície polida era de uma idade muito mais avançada do que ele se sentia. Afastou os olhos deste irônico fantasma e teve a impressão de ouvir distintamente: "Aproxima-se uma tragédia sem remédio!" Mas quanto à sugestão de idade avançada não conseguia afastar a visão espectral fantasma, e acabou saltando da cama profundamente fascinado por ele. Não atinava com a causa: ou porque ultimamente houvesse andado demais, ou por outro motivo qualquer, nunca se vira tão acabado como naquele dia à luz crua da manhã. Que dolorosa injustiça! Por que conservava uma alma jovem num corpo envelhecido e por que crueldade do destino não podia trocar a miserável carcaça por um corpo moço e belo tal como fizera sempre a sua ideal Bem-Amada.

Avícia passava agora os dias em casa, junto ao leito da mãe, para cuidá-la; e ao descer lembrou-se Pierston de que iria encontrá-la à mesa na hora do café. Não estava na sala, contudo não demorou em aparecer. Pierston sabia que a viúva estava passando melhor e a perspectiva de sentar-se-à mesa com Avícia dava-lhe uma grande satisfação. Mas ao vê-la em plena luz do dia, que entrava pelas janelas abertas de par em par, estremeceu. Era a primeira vez que se viam à luz implacável do sol!

Avícia ficou tão impressionada que deixou a sala, pretextando ter esquecido qualquer coisa, e ao voltar pouco depois estava visivelmente pálida. Desculpou-se; passara quase toda a noite junto ao leito da mãe e sentia-se ligeiramente indisposta.

Talvez houvesse alguma coisa de verdadeiro aqui; mas Pierston não pôde deixar passar desapercebido o olhar de admiração da moça. Este incidente fortaleceu as desconfianças que o haviam assaltado durante a noite: "Aproxima-se uma tragédia sem remédio!" Então resolveu, ainda com sacrifício de sua paixão, que não devia deixar criar-se um equivoco em tudo aquilo.

— Senhorita Pierston, disse ao sentar-se, uma vez que é conveniente que venha a saber de toda a verdade antes de prosseguirmos, para que mais tarde não haja discórdia, quero dizer-lhe umas coisas a meu respeito, se não se sente no momento indisposta para ouvir-me.

— Absolutamente, pode falar.
— Pois bem, outrora amei sua, mãe e pretendi casar-me com ela. Ela é que não quis, ou melhor, não pôde.
— Que coisa esquisita! fez a moça, olhando ora para Jocelyn, ora para os objetos sobre a mesa. Interessante, continuou, minha mãe nunca me disse nada a propósito. Afinal isso nada tem de extraordinário! Quero dizer, estava naquele tempo em idade para isso.

Ele viu nesta observação uma ligeira ironia, que ela não pretendeu fazer, e acrescentou com secura:
— Sim, sim, estava em idade. Estava talvez já um pouco velho.
— Velho demais para minha mãe? Como?
— Porque fui noivo de sua avó.
— Nada! Como é isso possível?
— Também a amei, e me teria casado com ela se tivesse seguido pelo caminho direito em vez de tomar por atalhos.
— Mas o senhor não podia ter sido noivo de minha avó, senhor Pierston. Não é tão velho assim. Quantos anos tem? É verdade, ainda não me disse isso.
— Sou muito velho.
— Amou minha mãe e minha avó! exclamou Avícia contemplando-o não como um possível marido, mas como uma estranha relíquia fossilizada em forma humana.

Compreendeu-o Pierston, mas quis continuar a conversa, ainda que com sacrifício para si próprio.
— Sim, o namorado de sua mãe e de sua avó.
— E também não o foi de minha bisavó perguntou ela com um ansioso interesse como se se tratasse de um caso passional fora de qualquer relação pessoal.
— Não; de sua bisavó, não. Sua imaginação vai mais longe que a realidade. Mas sou bastante velho como você vê.
— Não o creio, murmurou ela num tom suplicante. Não parece, e quero crer que é o que aparenta.
— E você... você é muito moça, acrescentou Pierston.

Fez-se um silêncio entre ambos; ela olhava-o de quando em quando, e nos seus claros olhos azuis de pupilas dilatadas havia uma singular expressão que tanto podia ser de simpatia como de nervosismo. Pierston tomou uma pequena xícara de café, levantando-se logo para dar uma volta pelos rochedos, pois a manhã estava belíssima.

Já agora na estrada, encaminhou-se para as alturas de nordeste a distância de uma milha. Virtualmente havia renunciado a Avícia, mas não formalmente. Sua intenção era voltar pouco depois e fazer uma visita matinal à enferma; mas, para não reiterar os projetos da noite anterior, bem podia abandoná-los em silêncio, como conversas sem resultado positivo, uma vez que Avícia não o amava.

Tomou então pelo caminho que conduziria a Budmouth.

Nada aconteceu até o entardecer desse dia; mas à noite recebeu um bilhete a lápis da mão de Ana Avícia. Dizia:

> *"Estou muito preocupada com seu brusco desaparecimento. Avícia receia tê-lo ofendido e estou certa de que não foi a sua intenção. Mas tudo isso me põe terrivelmente preocupada. Mande duas palavras em resposta. Espero que não vá abandonar-nos, sobretudo neste momento. Desejo tanto a felicidade de minha filha!"*

"Não quero abandoná-las," pensou Pierston. "Eis que se repete a mesma coisa que se passou da primeira vez. Mas é preciso de minha parte fazer tudo para que ela me abandone".

Foi vê-las; e ao chegar encontrou a senhora Pierston penosamente agitada. A viúva tomou-lhe a mão e, banhada em lágrimas, exclamou:

— Oh, não se sinta ofendido pelo que ela lhe falou hoje de manhã. É tão criança! Somos conterrâneos, e ela não se vai casar com um forasteiro. Morreria de dor se a abandonasse neste mundo. Avícia, ó Avícia!

CAPÍTULO V

ÀS VÉSPERAS DA POSSE

Tendo em vista o casamento, Pierston comprou uma nova casa, dessas de fachada ladrilhada, como as de Kensington, com um atelier tão amplo quanto um celeiro medieval, situado ao fundo do jardim. De combinação com Ana Avícia, cuja saúde fora a pouco melhorando, convidou esta e a filha para passar algumas semanas com ele, acreditando deste modo exercer uma boa influência sobre a imaginação da moça. Esperava igualmente interessar a noiva no mobiliamento de seu interior, despertar em seu espírito a ambição de vir a ser a dona de tudo.

Passaram uma agradável e tranqüila temporada na cidade. Ninguém os importunava; e como não começara ainda a "estação", os comerciantes mostravam-se tão solícitos em atender como se até ali não houvessem recebido bons fregueses. Pierston e as duas mulheres, tão inexperientes elas quanto ele, (pois a felicidade lhe tirava a capacidade de raciocínio), puderam ver no rosto das visitas verdadeiras estampas da estupefação quando o casal lhes participava que ia casar-se no próximo inverno.

Avícia estava encantadora, ainda que um pouco fria; quanto a Pierston alegrava-se sinceramente por esta felicidade que a vida lhe reservava para os últimos dias. Avícia era um tanto parecida com a mãe, a quem amava outrora fisicamente, e possuía a alma da avó, a quem amara espiritualmente, e pelo fato de representar esta síntese ainda mais a amava. Um defeito apenas notava em sua eleita: ainda que se parecesse com a avó, não possuía a inocência da primeira Avícia, mas a reserva de sua mãe. Jamais conseguira Pierston saber o que pensava e sentia sua noiva. Apesar disso, imaginava dispor de tão sólidos direitos sobre as mulheres da raça de Avícia, que pouco ou nada o preocupava esta evidente falta de confiança.

Era uma dessas suaves e serenas tardes de verão, que por vezes se vêm em Londres, inundando a cidade de uma luz dourada, e produzem admiráveis ocasos que excitariam a imaginação se não se soubesse que tais maravilhas são feitas pela decomposição da luz através do espesso fumo de carvão que paira no ar. Por trás dessas pesadas nuvens que desenhavam no céu fantásticos castelos, podiam-se distinguir longas estrias da cor do topázio que, aqui e ali, se esfumavam em belíssimos tons vermelhos.

Durante a tarde chovera torrencialmente; Pierston, que tinha muito cuidado consigo, calçara galochas para sair. Sem fazer barulho, entrou no "atelier", onde reflexos da luz crepuscular haviam penetrado. Contava encontrar a futura sogra e a noiva esperando-o para tomar chá. Mas encontrou somente Avícia, sentada à mesa. Tinha um lenço na mão e chorava em silêncio. Um livro estava abandonado em seus joelhos. Não notou a presença dele senão quando se aproximou; Pierston, por seu lado, fingiu não lhe notar os olhos úmidos.

Apanhou-lhe o livro; era uma velha antologia francesa — "Lectures Françaises", de Stièvenard — com o nome de Avícia, quando aluna, na primeira página. Entretanto, algumas anotações eram mais recentes: datas das lições diárias, pois ela era preceptora no Castelo quando se conheceram.

Por que chorava esta escolar (pois no fundo não passava disso), sobre seu livro de aula? Acaso algum trecho a comovera? Impossível. Abandonou-se Pierston a estas considerações e todo o prazer que vinha sentindo ultimamente com a instalação de sua nova casa, se dissipou. A alegria que pouco antes experimentara, desaparecera por completo agora. No entanto, cada dia amava mais Avícia, ainda que com freqüência receasse que seu carinho exagerado por ela só pudesse servir para perdê-la.

Pierston lançou um olhar pelo amplo atelier que a pouco e pouco se ia tornando escuro, com as manchas brancas das esculturas que, aqui e ali pareciam observar as pessoas e a ele, Pierston, dizer: "Então, velho amigo, que pretendes fazer agora?" Curioso, quando estavam no velho atelier, onde realizara o melhor de sua arte, aqueles trabalhos não o haviam olhado nunca desta maneira! Para que precisava de um novo atelier um homem chegado à sua idade, ele que de certo tempo a esta parte nada mais realizara de importante que acrescentasse alguma coisa à sua obra? Pensar que tudo isso era por causa de sua eleita e esta, a julgar pelos fatos, não o amava!

Pierston nada mais notou em Avícia durante os dias que se seguiram. Mas uma semana depois, teve uma desconfiança. Estavam à mesa, ele, a noiva e a futura sogra, quando observou o nervosismo de Avícia. E num tom de voz que de sua parte não era menos revelador de sua ansiedade, falou:

— Por que está nervosa, querida?

— Nervosa, eu? exclamou Avícia com espanto, fixando-o nos olhos. E logo:

— Sim, é possível que esteja, pois recebi hoje uma carta de um velho amigo.

— Você não me mostrou essa carta, disse-lhe a mãe.

— Não, porque a rasguei.

— Como?

— Não havia motivos para conservá-la, rasguei-a.

A mãe não insistiu; de sua parte a filha mostrava-se disposta a não responder mais nada. Fez-se um incômodo silêncio entre os três.

— Como de costume, recolheram-se a seus aposentos, desta vez mais cedo. Pierston ficou sozinho, pondo-se a andar pensativo de um lado para outro. Pela primeira vez compreendeu que duas pessoas podiam estar casadas sem estar moralmente unidas. O "velho amigo" de Avícia era sem dúvida algum antigo namorado, do contrário qual a razão de tê-lo perturbado tanto aquela carta?

Agora compreendia que havia ali, em Londres, um perigo ameaçando o seu esperado casamento. No entanto, de início, ela se mostrava tão atenciosa para com ele. Era evidente que a vinda para Londres havia disposto em seu favor o ânimo da moça — mas Pierston bem sabia que não existia compromisso nem lei que obrigasse Avícia a casar-se com ele, se ela à última hora não quisesse. Resolveu então fazer o que lhe fosse possível, com o auxílio da mãe, para apressar os detalhes necessários à realização do casamento.

No dia seguinte mesmo, tratou de dar os primeiros passos nesse sentido. Ao rever Avícia, não lhe passou desapercebido a expressão apreensiva de sua fisionomia, contudo atribuiu isto ao fato de na véspera ter-se mantido silencioso com ela. Decerto se ofendera. Em presença da moça, Pierston atacou o assunto sem rodeios, dirigindo-se à mãe para que acertasse com a filha, de uma vez, a data do casamento. A viúva parecia mais animada. E como ela tivesse suas dúvidas sobre a conveniência de adiar o casamento, voltou-se para a filha:

— Você ouviu, Avícia?

Acabaram por fim resolvendo a situação desta forma: mãe e filha voltariam dias depois para a ilha, onde aguardariam Pierston, e o casamento se realizaria no dia imediato à chegada dele, na sua ilha natal.

No dia marcado, encontrava-se Pierston na costa meridonal da Inglaterra, sob o lusco-fusco do final da tarde. Enquanto o trem o conduzia, ia olhando da janelinha a ilha — mancha indistinta no escuro que caía. Era bem uma personificação melancólica — pensava ele à medida que se aproximava do término da viagem — da íntima certeza de que o tesouro, tão ansiosamente procurado, ia-lhe agora ser arrebatado sem remédio. Para não importuná-las, resolvera viajar sozinho, e quis deter-se algumas horas no posto próximo na intenção de dar certas ordens relativas ao casamento. Não lhe foi possível: o trem partia imediatamente. Então desistiu da idéia, movido também pela impaciência de chegar, resolvendo acertar aqueles detalhes por um intermediário quando se encontrasse na ilha.

Passou pelas ruínas do Castelo de Tudor e dos penhascos que lhe ocultavam a vista do mar, mas cuja presença se adivinhava pelo incessante ruído das ondas que se vinham quebrar ali. Na aldeia de Wells, situada na costa da ilha, não havia carros; então, dando ordens na hospedaria para que lhe transportassem a bagagem, empreendeu a pé a subida.

A meio do caminho, observou uma pequena silhueta à distância. Ainda que estivesse muito escuro para se lhe distinguir os traços, pela maneira de andar do desconhecido, apoiando-se na grade de ferro ao longo do caminho, Pierston compreendeu que ele devia estar muito cansado.

— Está passando mal? — perguntou-lhe, ao aproximar-se.

— Não; não é nada, respondeu o outro. Apenas o caminho aqui é muito escarpado.

O sotaque não era precisamente um inglês; Pierston conjeturou que sem dúvida tratava-se de algum filho de qualquer ilha do Canal da Mancha.

— Quer que o ajude? ofereceu Pierston.

— Não, muito obrigado. Estive doente ultimamente, e sentindo-me melhor, resolvi dar um passeio até aqui aproveitando a beleza da noite. Faltaram-me as forças, pois estou ainda muito fraco, como acaba de ver, mas esta crise passa.

— Sem dúvida. Mas talvez fosse melhor apoiar-se em meu braço até chegar lá em cima, não quer?

O forasteiro aceitou; subiram ambos, e ao alcançar um forno de cal que havia mais acima, o rapaz despreendeu-se dele, dizendo:

— Muito obrigado pela ajuda, senhor. Boa noite!

— Pelo seu sotaque quero crer que não é filho daqui, pois não? perguntou Pierston.

— Não; sou de Jersey. Boa noite, senhor.

— Boa noite, uma vez que pode caminhar sozinho. Mas fique com esta bengala, que lhe é mais útil que a mim.

Dizendo isto, Pierston meteu a bengala nas mãos do rapaz.

— Obrigado, senhor. Daqui a pouco estou bom, não quero retê-lo por minha causa.

O desconhecido voltou-se para o sul, onde começara a brilhar o farol de Beal e pôs-se a olhá-lo com obstinada atenção. Como demonstrava desejar ficar sozinho, Pierston prosseguiu o caminho, sem pensar neste encontro. Impressionável como era, porém, refletindo depois no que acabava de acontecer e na frieza com que o rapaz recebera seu auxílio, não pôde deixar de sentir-se triste.

Contudo, a alegria que experimentava à aproximação da casa que provavelmente ia ser o seu lar, acabou dissipando esta sombra. Além disso, essa mesma casa havia pertencido a seu pai, era a casa em que nascera, e abandonou-se a projetos de habitá-la em companhia de Avícia. Maior foi ainda seu contentamento ao reparar numa esbelta figura, à porta, que por certo o esperava.

Avícia teve um vivo movimento de satisfação ao vê-lo; mas foi por mero gesto de submissão que se deixou beijar. Estava nervosa, inquieta, tal uma criança que espera um castigo severo do pai.

— Oh, querida, como pôde adivinhar que eu viria agora e não mais tarde? disse Pierston. Se me tivesse deixado ficar em Londres, resolvendo pequenos negócios, como pensei, não teria tomado senão o trem da meia-noite, mas preferi vir logo. Como está sua mãe? Aliás, nossa mãe como em breve poderei chamá-la.

Avícia respondeu que a mãe não passava bem, que receava até que tivesse piorado depois de chegar de Londres, por isso continuava acamada. A estada em Londres talvez lhe tivesse sido fatal. E Avícia acrescentou:

— Mas ela não quer reconhecer que está mal, decerto para não perturbar minha felicidade.

Pierston sentia-se tão satisfeito que nem observou a tristeza que Avícia pusera nestas palavras. Subiram para fazer uma visita à Senhora Pierston que ficou muito animada e lançou-lhe um olhar agradecido:

— Que alegria me dá sua vinda, exclamou com voz débil e estendendo-lhe a mão pálida e fraca. Tenho sido tão...

Não pôde continuar; Avícia pôs-se a chorar e acabou deixando o aposento.

— Espero com tanta ansiedade o dia do casamento, continuou falando a senhora Pierston, que estas noites não tenho conseguido conciliar o sono, receosa de que morra sem os ver casados. Conheço-o bem, estou certa de que encontrará em você um ótimo marido. Apesar de tudo, tenho me esforçado em não deixar minha filha perceber a angústia em que me encontro.

Estiveram conversando ainda alguns instantes, depois Pierston cumprimentou-a e saiu; a senhora Pierston não dissimulava agora a sua alegria diante do encaminhamento dos fatos, talvez excitada pela enfermidade que a ia minando. E esta atitude da mãe dissipava em Pierston seus últimos escrúpulos. Ao descer do quarto da doente, encontrou Avícia esperando-o; bem quisera indagar se durante sua ausência havia acontecido alguma novidade que causasse inquietação à senhora Pierston; porém não podia perguntar nada à moça, apesar de suas ações serem exatamente a causa de todas essas inquietações.

Admirou-se Pierston de não vê-la aparecer para jantar. Estaria por certo à cabeceira da mãe. Sentou-se então à mesa sozinho.

O tempo passava. Intrigado de não vê-la voltar, dirigiu-se para a porta, encontrando-a a contemplar a lua que fora a pouco e pouco erguendo-se no horizonte. Sua presença pareceu perturbá-la.

— Que faz você aqui, querida? perguntou-lhe.

— Como mamãe vai melhor e não tem necessidade de mim, pensei em ir levar uma encomenda a uma pessoa esta noite. Mas, tendo o senhor vindo por minha causa, não queria ir enquanto estivesse aqui.

— E quem é essa pessoa?

— Está por aí, respondeu ela vagamente. Não é muito longe. Além disso não sou medrosa, às vezes saio à noite pela vizinhança.

Pierston tranquilizou-a, dizendo:

— Se tem vontade de ir, querida, não seja eu um embaraço, ouviu? Até amanhã, não tenho nenhuma autoridade sobre você. E você sabe que eu não abusaria nunca.

— Ao contrário, tem todo o direito. O estado de saúde de mamãe não lhe permite isso, agora fico a seu cargo.

— Tolice! Mas vá, vá logo ver a pessoa com quem tem o encontro.

— Estará aqui até eu voltar?

— Não, vou à hospedaria ver se trouxeram minhas bagagens.

— Mas mamãe não lhe disse que pernoitasse aqui? Há um quarto preparado para si. Meu Deus, esqueci-me de avisá-lo!

— Sim, sim, a senhora Pierston me avisou. Mas vão enviar-me as bagagens à hospedaria e quero ir lá. Bem, dou-lhe o meu boa-noite, ainda que não seja tão tarde assim. Voltarei amanhã de manhã para ter notícias do estado de sua mãe e dar-lhe bom-dia. Você pretende voltar cedo esta noite?

— Espero.
— Não quer que a acompanhe?
— Obrigado, não é preciso. É aqui pertinho.

Pierston afastou-se convencido de que a noiva agia muito mais por obediência que por vontade própria.

Quanto a Avícia, mal ele saiu, apanhou um embrulho que tinha pronto sobre um armário, pôs o capote e o chapéu, dirigindo-se para o Castelo de Silvânia, onde se deteve. E pôde ouvir ainda os passos de Pierston que descia pelas pedreiras de Leste para a hospedaria; mas ela não seguiu naquela direção, dando a volta por um atalho, caminhou para os lados do Castelo de Red King ou de Bow-and-Arrow (Arco e Flexa) que, verdadeira massa negra de granito, se erguia em frente ao mar, cujas águas àquela hora espelhavam a luz prateada da lua.

CAPÍTULO VI

ONDE ESTÁ A BEM-AMADA?

A senhora Pierston passou uma noite agitada, ninguém porém o soube. A prostação, que aumentava sua ansiedade quanto ao próximo casamento da filha, não diminuía, era antes cada vez maior.

Enquanto passava por um ligeiro sono, pela madrugada, Avícia entrou em seu quarto. Como a filha costumava vir muitas vezes nas pontas dos pés para ver se tudo ia bem, ela não deu importância a isso, e murmurou simplesmente:

— Estou melhor, querida. Quero dormir um pouco, vá deitar-se, ande...

E a mãe abandonou-se de novo a seus pensamentos. Não tinha escrúpulos de espécie alguma quanto ao casamento da filha. Estava plenamente convencida de que era o melhor que poderia fazer pela sua Avícia. Todas as mães, todas as moças da ilha invejavam a sorte dela; pois Jocelyn parecia relativamente jovem para sua idade, e era de uma rara sedução física. Além disso era importante no lugar, ninguém ignorando que herdara uma bela fortuna, que suas relações sociais eram excelentes e o seu renome, como artista, universal.

Mas Avícia, a senhora Pierston não o ignorava, tivera alguns namoros com jovens ilhéus e, por isso, regozijava-se intimamente por ter encontrado tanta docilidade da parte da filha. Além disso, excetuado talvez o único interessado, Jocelyn era o mais romântico dos namorados. "Que singular romance, considerava a senhora Pierston, que é este tríplice amor por três mulheres do mesmo sangue". Este não amara a primeira, a segunda o desprezara; e eis que este casamento, que não pudera realizar com as duas primeiras, cumpria-se na terceira e de maneira tão lógica e artística, que não era possível não causar admiração.

A viúva refletia que a segunda Avícia não teria, sem dúvida, repelido Pierston, em Londres, vinte anos atrás, se o destino não dispusesse estar já casada em segredo, ao fazer-lhe a declaração de amor. Mas, afinal de contas, tudo se resolvia bem.

"Meu Deus!" murmurava a viúva certas noites. "Pensar que meus desejos, ao escrever-lhe, se haviam de cumprir deste modo!"

Quando tudo estivesse realizado, que alegria não seria para ela! Bem podia dizer que não havia vivido em vão. Pensar que ela, modesta filha de um comerciante em pedra, pobre lavadeirinha de início, depois empregada aqui e ali em obscuros serviços; tendo-se casado por amor e infeliz no matrimônio, ainda que por fim, graças à intervenção de Jocelyn, conseguisse melhorar essa mesma situação, — pensar que ia ver realizado pela filha o sonho que não lhe fora dado consumar! Veria enfim a sua Avícia seguramente instalada num lar luxuoso e elevado, ao lado de um marido amável e de excelente reputação!

As horas fugiam, e era assim que a boa viúva se excitava imaginativamente. Por fim, possuída de forte tensão nervosa, pareceu-lhe que já havia movimento na casa, teve mesmo a impressão de ouvir ruído no quarto da filha. Mas não eram ainda cinco da manhã, estava escuro; decerto se enganara. Estava tão nervosa que o próprio cortinado da cama tremia movido pela sua incessante agitação. Na véspera, recomendara que não era preciso ninguém pernoitar perto dela; mas naquele momento tocou a campainha de mão, não demorando em aparecer a enfermeira, Ruth Stockwood, uma velha ilhoa que a conhecia desde criança.

— Estou tão nervosa que não posso ficar sozinha, disse a viúva. Tive a impressão de estar ouvindo Rebeca ajudar Avícia a se vestir para o casamento.

— Oh, não! Ninguém se levantou ainda nesta casa. Mas vou buscar qualquer coisa para tomar. É um instante.

Depois de aceitar um pouco de leite, a doente continuou:
— A senhora compreende que não posso deixar de me preocupar à idéia de que ela não se queira casar. Imagine se Avícia desiste, à ultima hora, pelo fato de ser ele muito mais velho!
— Realmente a coisa é assim, respondeu a vizinha. Mas já agora não vejo obstáculo que possam impedir o casamento.
— A senhora bem conhece Avícia; ela tem lá as suas idéias; além disso, ultimamente andou namorando com um rapaz de seus vinte e cinco anos. E a esse propósito tem sido muito reservada para comigo. Quisera que ela o esquecesse, mas dá-se exatamente o contrário, parece louca por ele.
— Quem? Aquele jovem francês de Sandburne, o senhor Leverre? Já ouvi falar qualquer coisa nesse sentido, mas julgava que tudo estivesse acabado entre ambos.
— Não creio. E, não sei porque, tenho até um pressentimento de que ela o viu esta noite. Talvez não seja senão para dizer-lhe adeus e devolver-lhe algum livro; mas preferia que nunca se tivessem conhecido: é um rapaz de gênio irascível e impulsivo, capaz de tudo. Não é francês, ainda que tenha vivido na França a maior parte da vida. Seu pai era um rico proprietário de Jersey, que se casou em segundas núpcias com uma ilhoa. É por isso que esse rapaz se encontra aqui na ilha como se estivesse em sua própria terra.
— Ah, agora compreendo! A madrasta dele é uma Beucomb. Há muitos anos ouvi falar nela.
— Exato; o pai de Márcia foi o maior proprietário das pedreiras da ilha, mas hoje ninguém se lembra mais dele. Afastou-se do negócio alguns anos antes de eu nascer. Quanto a Márcia, minha mãe costumava dizer que era uma jovem muito bonita; que tentara, parece, "apanhar" o senhor Pierston na mocidade e deu mesmo um escândalo com ele. Depois disso ela foi para o estrangeiro com o pai que fizera fortuna aqui. Mas ele perdeu muito dinheiro em especulações. Mais tarde ela casou com o tal cavalheiro de Jersey: o senhor Leverre, a quem amara em outros tempos; foi ela quem educou o enteado.

A senhora Pierston suspendeu por um momento o relato; vendo, porém, que Ruth não lhe fazia nenhuma pergunta, retomou o fio da conversa:

— Eis como Avícia conheceu este jovem: quando morreu o marido da senhora Leverre, ela deixou Jersey vindo para Sandburne. Ora, um dia veio aqui, indagando pelo Senhor Jocelyn Pierston e, enganada pela igualdade de nossos sobrenomes, fez-me uma visita com o enteado. Quando Avícia voltou para o colégio de Sandburne, encontrou-o aí. Era professor de francês num lugar próximo, e, se não me engano, ainda continua a lecionar.

— Quem sabe, talvez o esqueça. Ela merece coisa melhor.

— Ah, se isso fosse possível! Mas sinto-me cansada, vou ver se consigo dormir um pouco.

Ruth Stokwood voltou para seu quarto, onde, como julgasse que a doente não precisava dela, deitou-se, não tardando a adormecer. Sua cama ficava perto da escada, separada apenas por um biombo; no meio dos sonhos, ouviu ou teve a impressão de ouvir, um ligeiro roçar do outro lado do biombo, como dedos que buscassem se orientar no escuro. Depois o leve ruído cessou e ela sonhou que levantavam a tranca da porta da entrada.

Caiu novamente em profundo sono, e o mesmo fenômeno se repetia: dedos roçavam ao longo da parede, uma porta se abriu, fechando-se em seguida, e o silêncio de novo voltou.

Desta vez, porém, ela despertou por completo. A repetição do ruído havia intrigado a mulher. Sendo tão cedo, bem podia ser a empregada, mas o que parecia inexplicável à senhora Stockwool era que a outra o fizesse com tanta precaução e às escuras. Não, os segundos ruídos não tinham explicação. Havia um mistério naquilo. Ruth saltou da cama e correu a cortina.

A aurora apontava apenas, muito tímida; longe, na praia, o farol estava ainda aceso. Os tamarineiros esfumavam-se já contra o cinzento do céu e distinguia-se a reluzente superfície do caminho que, como uma faixa, estendia-se até a porta setentrional do Castelo de Silvânia. O caminho para a aldeia dobrava ali; àquela hora divisava-se nele apenas uns imprecisos vultos humanos. Um desses vultos caminhava um pouco mais atrás do primeiro, porém no momento em que Ruth reparou nele, encontraram-se, seguindo juntos. Quem seriam? Trabalhadores das pedreiras? Vigias do farol do Sul? Os pescadores recém-vindos de uma árdua noite de trabalho? Ruth não sabia. Como quer que fosse, aqueles vultos nada podiam ter com os ruídos que lhe haviam tirado o sono. Não pensou então mais no assunto, tratando de recolher-se de novo à cama.

Jocelyn prometera vir fazer uma visita matinal à senhora Pierston para informar-se de seu estado, após uma noite de repouso. É que, melhor que a própria Ana Avícia, ele percebia a gravidade da doença e preocupava-se seriamente com isso.

Enquanto se vestia, reparou através da janela em dois ou três marítimos, de pé, junto dos rochedos, para os lados da aldeia, que observavam com grande interesse um bote rumo à costa oposta ao sul de Wessex.

Às oito e meia da manhã Pierston deixou a hospedaria, dirigindo-se diretamente para a casa da viúva. Ao aproximar-se, notou que qualquer novidade se passara: o portão da entrada escancarado, duas janelas abertas de par em par, enquanto que as outras estavam fechadas. Em suma, a casa apresentava o desolado aspecto de uma habitação abandonada. Ninguém apareceu ao bater. Decidiu entrar. Uma vez na sala de jantar, observou que o café da manhã não fora servido. Um pensamento cruzou-lhe o espírito: "A senhora Pierston morreu".

Estava assim indeciso, quando Ruth Stockwool apareceu na sala com uma carta na mão.

— Oh, senhor Pierston, senhor Pierston! Que Deus venha em nosso auxílio!

— O que? A senhora Pierston...

— Não! não! A senhorita Avícia. Fugiu, imagine que fugiu. Leia, leia aqui. Deixou esta carta em seu quarto, e nós estamos que nem sabemos onde temos a cabeça!

Pierston tomou a carta; abrindo-a, observou que estava escrita em caracteres diferentes. A primeira parte, da mão de Avícia, dizia:

"Minha querida mãe,
Posso esperar que um dia me perdoe o que acabo de fazer? É tão grande a ofensa! No entanto, juro que até esta noite não havia premeditado enganar a senhora ou ao senhor Pierston. Hoje à noite saí, ali pelas dez horas, como decerto a senhora percebeu, para encontrar Leverre pela última vez e devolver-lhe os livros, cartas e presentes que até hoje me dera. Caminhei sozinha até o Castelo de Bow-and-Arrow, onde eu combinara o encontro, apesar de ele não poder sair de casa. Ao chegar, encontrei-o esperando-me, ainda que muito mal. Havia já dias que estava doente de cama; levantou-se apenas para vir despedir-se de mim.

O violento esforço da caminhada acabou aniquilando-lhe as últimas reservas. Deixei-me ficar ali junto dele até meia-noite, esperando que melhorasse Mas as horas corriam; ele não conseguia partir, e nem sequer andar sozinho meia dúzia de metros. Ultimamente vinha procurando tudo para esquecê-lo; mas, vendo-o naquele estado, não pude abandoná-lo ali insensivelmente, todo meu antigo amor por ele renasceu. Assim o ajudei, quase o transportando, e trazendo-o para nossa casa. Aqui sentiu-se um pouco melhor; mas, como não era possível deixá-lo fora em tal situação, levei-o para o quarto que havíamos preparado para o senhor Pierston. Uma vez na cama, dei-lhe um pouco de seu remédio. A senhora estava adormecida e ouviu-me entrar em seu quarto? Passei a noite toda ao lado dele. Foi melhorando aos poucos e conversamos a respeito do que era conveniente fazermos. Apesar de eu sentir que devia renunciar a nossas relações, não podia casar-me com outro, antes devia fazê-lo com ele. Resolvemos então realizar nosso casamento, antes que tal nos fosse obstado. Foi desta forma que saímos de casa pela madrugada, e fomos tratar do ato oficial.

Peço dizer ao senhor Pierston que não foi isto premeditado, mas simples obra do acaso. É com profunda sinceridade que sinto ter-me conduzido para com ele desta forma, realmente desleal, cruel. Pois, intimamente, estava decidida a obedecer à senhora e casar-me com ele.

Mas Deus, tornando-me indispensável àquele a quem amo, me impediu talvez de cometer um erro de que, sem dúvida, me arrependeria futuramente. Sempre a filha que lhe quer bem,

Avícia".

A segunda parte da carta era de mão de homem; dizia:

"Querida mãe (pois dentro em breve o será), Avícia acabou de explicar-lhe, linhas acima, como se viu impedida de casar com o senhor Pierston. Não tenho a menor dúvida de que teria morrido esta noite, não fosse a hospitalidade que me oferecera sob o seu teto e sem os ternos cuidados que me dedicou durante estas terríveis horas noturnas. Amamo-nos apaixonadamente e nada agora poderá nos separar. Seguimos aliás a simples lei natural!...

Peço-lhe o *obséquio* de prevenir minha madrasta sobre estes acontecimentos. Com todo respeito, o seu

Henrique Leverre".

Jocelyn pôs-se a olhar pela janela. Ruth se dirigiu a ele:

— A senhora Pierston bem que ouviu vozes esta noite, mas pensou que estava sonhando. Ela se lembra mesmo de ter ouvido a senhorita Avícia entrar em seu quarto aí pela manhã e aproximar-se de sua mesa de remédios. Que esperta! Pensar que o namorado não estava separado da gente senão por uma parede e que repousava justamente nos lençóis destinados ao senhor! Os nossos melhores lençóis, senhor Pierston. Tão bem lavados e perfumados com alfazema! Oh, até parece que o senhor deixou de dormir aqui para ceder-lhe o lugar!

— Não os acuse, não os acuse, disse Jocelyn com tranqüila indiferença. Sobretudo a ela, não a acuse, que não tem culpa. Eu sim, eu é que sou culpado: foi da mesma forma que me portei com sua avó. Bem, foi-se embora. Não é preciso pois fazer mistério a respeito. Digam-no, a todos na ilha. Digam que um homem veio casar-se com uma mulher e não a encontrou em casa. Espalhem por aí que fugiu, pois mais cedo ou mais tarde virão a sabê-lo.

— Nós não faremos isso.

— Oh, por que não?

— Porque gostamos dela, apesar de tudo.

Compreendeu Jocelyn a esta observação, que as empregadas estavam em segredo combinadas com Avícia.

— E como encarou a mãe tudo isto? indagou. Já acordou?

A senhora Pierston não dormia; apenas a puseram ao corrente dos acontecimentos, sem lhe preparar o espírito, uma tal agitação a possuiu, pôs-se a pronunciar tais incoerências, que, enfim exausta, caíra em profunda prostração.

— Deixem-me subir, disse Pierston. É melhor também chamar o médico.

Passando pelo quarto de Avícia notou que a cama estava feita. Olhando melhor, viu a um canto uma bengala; e exatamente a sua bengala.

— De onde veio isto?

— Encontramos aqui, senhor Pierston.

— Ah, compreendo. Fui eu quem lha deu, agora me lembro. Pensar que trabalhei por um outro!

Foi esta a última queixa que Jocelyn proferiu. Dirigiu-se a seguir para o quarto da senhora Pierston, precedido pela empregada.

— O senhor Pierston está aqui, disse ela para a doente.

Como esta não respondesse, aproximou-se da cama.

— Oh, que aconteceu, senhor Pierston, que significa isto?

Ana Avícia jazia placidamente na posição em que a enfermeira a deixara, suas feições tinham a mesma expressão do tempo longínquo em que fora empregada no atelier de Pierston. Compreendeu que estava sem vida e que decerto expirara apenas momentos antes.

Diante disto, Ruth Stockwool perdeu todo o domínio sobre os próprios nervos.

— Foi o golpe que lhe deu a filha com sua fuga, pôs-se a gritar. Matou a própria mãe!

— Oh, não esteja gritando tolices, interrompeu-a vivamente Jocelyn.

— Ah, é que ela devia ter obedecido à mãe. Tão boa, a melhor das mães! Desejava tanto este casamento, a pobre mulher! E nós não podermos ocultar-lhe tudo isto. Como são ingratos os moços, como são ingratos! Um dia ela se arrependerá do que fez esta manhã.

Pierston saiu do quarto, observando maquinalmente que era preciso mandar chamar um médico.

Quando este chegou, não teve outro trabalho senão constatar a "causa mortis" angina do peito. E achou perfeitamente dispensável qualquer pesquisa oficial.

As duas silhuetas de fantásticos aspectos que cinco horas antes Ruth avistara na bruma da madrugada, dirigiram-se pelo lado norte, que conduzia ao Castelo Silvânia, onde exatamente se bifurca para as ruínas do velho Castelo. Quem procurasse observá-los, não surpreenderia uma única palavra entre ambos. O homem caminhava com dificuldade, amparado pela mulher. Naquele lugar pararam, beijando-se longamente.

— Precisamos caminhar até Budmouth, se não quisermos ser descobertos, disse ele tristemente. Mesmo com seu auxílio, não posso seguir, querida. Faltam ainda duas milhas para alcançarmos a costa.

Ela, que ia trêmula, disse-lhe para consolá-lo.

— Se você pudesse andar seguiríamos por Street of Wells, talvez se encontrasse aí um carro. Em compensação, se nos dirigirmos daqui à enseada, podemos alugar um daqueles botes que atracam aí e alcançarmos assim o norte da ilha. Dali, será com facilidade que chegaremos ao povoado. Há calma completa e como a maré nos ajudará nem nos será preciso remar. Aliás, conheço a viagem.

O plano parecia lógico. Deixaram então o caminho, tomando pelo desfiladeiro que fora em tempos idos o fosso da fortaleza.

O ruído de seus passos, ainda leves, ressoavam enormemente nas pedras, tão grande era o silêncio àquela hora no lugar. Na borda inferior dos rochedos, um estreito, talhado na própria pedra, descia em brusco declive para a pequena enseada que ficava na base. Era a única passagem praticável para sair ou entrar na ilha, naquelas paragens; outrora fora ali um lugar importante: por ali haviam embarcado os blocos de pedra de numerosos edifícios públicos, entre eles os que haviam servido a construção da Catedral de São Paulo.

As duas silhuetas seguiram por aí; a mulher revelava tão exato conhecimento do lugar que não tinha necessidade de tatear, como fazia o companheiro, ao longo da muralha de pedra. Assim, com breves descansos, chegaram afinal à enseada e caminhando alguns metros sobre grandes pedras que haviam na costa. Era tão solitário, que dias inteiros se passavam sem ninguém aparecer. Na praia se encontravam duas ou três canoas de pesca e algumas outras embarcações: à pequena distância uma barraca de madeira. Os dois namorados empurraram para o mar com trabalho, uma das canoas; depois saltaram e fizeram-se ao largo.

A moça foi a primeira a romper o silêncio:

— Onde estão os remos?

O companheiro procurou no fundo do bote, mas não achou.

— Oh, esqueci-me de apanhá-los!

— Com certeza estavam na barraca. Mas agora nada mais nos resta senão nos abandonarmos à correnteza.

O movimento das águas, a esta altura, era muito forte. Era verdade que a maré os arrastava para o norte, mas, além da maré havia ao longo do mar um fluxo contrário que os marítimos do lugar chamavam o "meridional", e que era provocado pela peculiar configuração da costa. Havia duas correntezas, cada uma de um lado da ilha; confluíam no farol de Beal e lá se encontravam com a maré. A confluência destas três correntezas, naqueles lugares do mar, era como água em ebulição numa vasilha, mesmo no tempo calmo. Como ficou dito, a esta agitada área marinha chamavam a "correnteza".

Assim, ainda que a maré os ajudasse, conduzindo-os para o norte, isto é, para a terra firme de Wessex, o "meridional" os impelia com força em direção ao Beal para ajuntar-se à "Correnteza". E não demorou em deslizar para aí o pequeno bote dos namorados, que, não tendo remos para sair daquela direção, ainda que estreita como um rio, viram-se imobilizados diante dos negros rochedos e do pesado panorama noturno da ilha.

Entreolharam-se então com desespero, ainda que sem medo, tal é a esperança no coração dos jovens. As ondas eram a cada momento mais violentas, e eles viam-se atirados para um lado e para outro. De repente o bote começou a jogar com tanta violência que o navio-farol imóvel na praia, voltou-se para eles com uma rapidez vertiginosa, ora à direita, ora à esquerda, de novo à direita, que, atordoados, tiveram que fechar os olhos ao intenso jato de luz. Mas aos poucos sentiram uma doce aragem e perceberam que estavam indo para o sul.

Aqui, teve o jovem uma lembrança feliz. Tirou o lenço e, acendendo um fósforo, fez uma pequena fogueira. Ela deu-lhe também o dela. Quando o fogo dos dois lenços ia morrendo, ela apanhou a sua sombrinha e queimaram-na suspensa no ar.

O navio-farol pôs-se em movimento e dentro em breve respondia-lhes com um sinal significativo. Vendo-se quase salvos, os dois namorados atiraram-se um nos braços do outro.

— Eu tinha o pressentimento de que nos salvaríamos, disse Avícia chorando de contentamento.

— Também eu tive o mesmo pressentimento, querida! exclamou ele.

Ao amanhecer, um bote chegou em socorro, e foi com grande alegria que se viram rebocados até o pesado casco do navio, pintado de vermelho onde se liam enormes letras brancas.

CAPÍTULO VII

O VELHO TABERNÁCULO MUDA DE ASPECTO

Ao anoitecer daquele dia de outubro, Jocelyn meditava junto ao corpo da Senhora Pierston.

Tendo Avícia partido — e só Deus sabia para onde — como amigo da família, ocupara-se a resolver as formalidades da morte e enterramento da pobre viúva.

E realmente, a não ser ele, quem podia ocupar-se com aquilo? Dos homens da família de Avícia um morrera afogado, o outro emigrara e o terceiro filho de Ana Avícia, morrera pequeno.

Com relação a suas amizades, tão absorvida estava ela no anelo de casar a filha com Jocelyn, que insensivelmente se fora afastando por completo das outras famílias ilhoas.

Impossibilitada de aceitar o antigo oferecimento de Pierston, quando este lhe propusera casamento e, seu protetor, a aproximara do marido, aquela inesquecível proposta no atelier de Londres levara-a a sentir-se intimamente ligada a escultura e a afastar-se do comércio de pedra, o que não era senão uma fraqueza da segunda Avícia. Jamais conseguira compreender a indiferença da filha por Jocelyn, que a seus olhos não era mais velho que na época em que se declarara a ela.

Enquanto se encontrava sentado ali, no escuro, os fantasmas daquelas a quem seu Amor idealizara vieram agrupar-se em torno da irmã morta — e, tal como as mulheres troianas que Enéias viu pintadas nos muros de Cartago, elas o contemplavam melancolicamente.

Quantas delas não imortalizara no mármore de sua arte! Naquele momento porém ele as revia, não como as imaginara outrora, mas tal como eram na realidade, com suas fraquezas, seus defeitos e naturais características. E enquanto procurava adivinhar o segredo de suas almas, suas vozes se foram tornando cada vez mais fracas... Cada qual se dispersara, seguindo o próprio destino, deixando-o agora sozinho, irremediavelmente sozinho.

O ridículo que sobre ele podia cair com os últimos acontecimentos, esse pouco lhe importava. Mas como quisera dissipar o mal-entendido que bem podia, senão desfazer, pelo menos atenuar o ridículo da situação! Era isto impossível, infelizmente. Ninguém saberia o que ele no fundo procurava nestes sucessivos amores, doloroso ideal que se desvanecia todas as vezes que julgava tê-lo alcançado. Não era a carne; nunca se ajoelhara diante do corpo. Não possuiria nenhuma dessas criaturas, apesar de se ter apaixonado por todas elas. Ninguém seria capaz de adivinhar o secreto sentimento, a imensa ternura que punha naquelas conquistas de longos quarenta anos. Sua paixão pela terceira Avícia era considerada como o sonho egoístico de um velho... e ninguém saberia, ah, ninguém alcançaria a verdade!

Sua vida aparecia-lhe como um longo pesadelo: e naquela tarde vivamente desejava dissolver-se como um fantasma, fugir daquele lugar, romper as pesadas cadeias que o acorrentavam à Eterna Beleza...

Esteve sentado ali, até que a noite foi chegando. Fora, um frio soprava e o farol longínquo, na praia, era um ponto luminoso perdido na escuridão. Nisto, a campainha soou fortemente.

Pierston ouviu vozes em baixo. Uma certa inflexão, um acento particular, despertaram nele remotas lembranças. Uma só mulher tinha aquela voz... Mas seria possível? A desconhecida fazia perguntas, a empregada explicava-lhe detalhadamente. Não demorou em vir dizer-lhe que uma senhora desejava vê-lo.

— Quem é? indagou ele.

A empregada ficou embaraçada:

— É... É a senhora Leverre, a mãe do rapaz... do que fugiu com Avícia.

— Está bem, vou vê-la já, respondeu.

Velou o rosto da morta e desceu a escada, murmurando: "Leverre! Leverre! Quando ouvi esse nome? Sim, não me é estranho... Ah, lembro-me agora. É o nome daqueles dois americanos, em Roma... Acaso será Márcia Beucomb, como então supus?"

A luz demasiado fraca que iluminava a sala não lhe permitiu ver direito as feições da recém-chegada. O carro em que chegara esperava à porta.

— É o senhor Pierston? fez ela.

— Sim, Jocelyn Pierston.

— O senhor representa a falecida senhora Pierston, neste momento?

— Sim, ainda que não seja da família.

— Eu sei... Quanto a mim, sou Márcia. Eis que lá se foram quarenta anos...

— Eu o adivinhava, Márcia. Espero que a vida lhe tenha corrido bem. Mas por que, depois de tantos anos, escolheu justamente este momento para aparecer?

— Porque... sabe que sou a madrasta do rapaz que fugiu esta madrugada com sua noiva?

— Sim, já o sabia.

— Compreende, vim aqui para pôr-me ao corrente dos acontecimentos.

Márcia sentou-se; por uma dessas estranhas intuições, — Jocelyn compreendeu que este encontro não era casual, mas uma fatal coincidência dos antigos fatos com os atuais.

Ela contou-lhe então a sua história. Pouco tempo depois da separação de ambos, morrera-lhe o pai, deixando-a sozinha e sem dinheiro. Foi nesta altura da vida que se casara com o antigo namorado, aquele cavalheiro de Jersey que, viúvo recentemente, precisava de uma mulher para educar o filho que lhe ficara do primeiro matrimônio. Mas o marido morrera poucos anos depois. Pela segunda vez se vira sozinha no mundo, desta vez com o enteado por educar. Apesar da parcimônia de meios materiais, internara-o de início em St. Hiliers, a seguir em Paris, até que, finda sua educação, ele pôde entrar como professor de francês no colégio de Sandburne. No ano anterior, de passagem pela ilha, ela e o enteado haviam feito uma visita à senhora Pierston e à filha: tendo sabido nessa ocasião (acrescentou Márcia com serenidade), "o que havia sido feito do homem com quem fugira na mocidade e com quem não se casara pelo simples fato de não o querer".

Pierston inclinou-se para ela numa atitude de respeito e assentimento.

— E eis, ajuntou Márcia, como os dois jovens se encontraram e se apaixonaram um pelo outro.

Depois acrescentou ainda que Avícia havia conseguido permissão da própria mãe para tomar lições de francês com o jovem Leverre, facilitando assim a aproximação entre ambos. Quanto a ela, Márcia, não se sentira com direito de interferir nesta aproximação, após tantos anos, aprendera a apreciar um nome que outrora desdenhara. Contudo, tendo sido informada de que a falecida viúva Pierston destinava Avícia para ele, Jocelyn, procurara, no que lhe era possível, impedir a ligação do enteado com a moça — mas, infelizmente, era tarde demais. Henrique havia estado muito doente, e, sua ausência na véspera, inquietara-a muito. Exatamente naquela manhã, recebera algumas palavras do enteado advertindo-a de que partira com Avícia. Aonde teriam ido? Que pretendia ele fazer?

— Nada, respondeu Jocelyn. Não há nada a fazer. Também eu fiz outrora o mesmo à sua avó: é uma vingança do tempo.

Márcia refletiu um instante, e logo:

— Foi por mim que a tratou assim?

— Foi; e agora ela me trata de igual forma por intermédio de seu enteado.

— Mas não poderíamos descobrir que rumo tomaram ao deixar a ilha?

— Sim, poderíamos...

E como num sonho, viu-se Pierston dali a pouco caminhando ao lado de Márcia, ao longo da estrada, à procura dos fugitivos. Aconteceu entretanto que as pessoas dos arredores sabiam tanto sobre os namorados quando ele. Numa esquina, porém, ouviram um grupo de homens falando sobre o assunto. Conhecendo o dialeto, Márcia e Jocelyn puderam apanhar o que diziam. Falavam que, logo ao amanhecer, notou-se a falta de um bote, no ancoradouro e, ao se espalhar a notícia da fuga dos namorados, a desconfiança recaiu sobre eles.

Pierston dirigiu-se para a pequena enseada, sem reparar ao menos se Márcia o seguia. E ainda que estivesse mais escuro que na hora matinal em que Avícia e Henrique haviam passado por ali, desceu rapidamente pelo caminho cavado na rocha que conduzia à praia.

— É você, Jocelyn?

Reconheceu a voz de Márcia; ela o seguira e encontrava-se mais atrás.

— Eu mesmo, fez ele.

E pela primeira vez desde que se haviam encontrado, ele notou que ela o chamava familiarmente pelo nome em lugar do sobrenome.

— Não vejo você e estou com medo de seguir.

Medo de seguir! Quão outra era a idéia que fazia dela: até aquele momento ele a julgara uma mulher audaciosa, a Márcia decidida e imperiosa de outrora. Singularmente patética era aquela revelação. Voltou para tomar-lhe a mão:

— Deixe-me conduzi-la, disse com doçura.

Uma vez em baixo, puseram-se a examinar o mar; o navio-farol brilhava sempre como se tivesse esquecido por completo a existência dos fugitivos.

— Estou nervosa, disse Márcia. Você acha que eles tenham chegado sãos e salvo à terra firme?

— Sim respondeu uma voz que não era a de Jocelyn.

Era um pescador que estava fumando um cachimbo à porta de uma pequena barraca. Contou-lhes como os vigias do farol haviam socorrido os namorados, tendo-os desembarcado na margem fronteira, Wessex, onde haviam em seguida alcançado o povoado. Aí, haviam-se dirigido à estação e tomaram o primeiro trem para Londres. Esta notícia chegara à ilha uma hora antes.

— Amanhã de manhã estarão casados, exclamou Márcia.

— Melhor para eles. Não os deplore, Márcia. Seu enteado não perderá nada. Não tenho parentes, exceto uns primos afastados aqui na ilha, aos quais aliás pertencia o pai de Avícia. Vou tomar as necessárias providências para que ela e Henrique sejam felizes. Deixarei para Avícia o que possuo... Quanto a mim, já vivi demais, não quero senão solidão e silêncio.

CAPÍTULO VIII

"AI DESTA SOMBRA CINZA QUE OUTRORA FOI UM HOMEM"

No mês seguinte, novembro, encontrava-se Pierston gravemente enfermo em sua casa em Londres.

O enterro de Ana Avícia realizara-se por um desses úmidos dias de outono, em que a chuva caía sobre as coisas como os projéteis dos antigos conquistadores da ilha. Apenas uma pessoa acompanhou o caixão até a igreja: Jocelyn Pierston, o volúvel namorado de um dia, o fiel amigo de sempre. Não fora possível estabelecer comunicação com Avícia antes do enterro, apesar de ter publicado notícias da morte nos jornais locais e outros na esperança de que ela os visse.

Mas no instante de sair a fúnebre comitiva da igreja em direção ao cemitério, viu-se chegar a toda a pressa, pelo caminho de Top-of-Hill, um carro de praça vindo de Budmouth. Parou à porta do cemitério, descendo de dentro um casal. Seguiram a pé, pondo-se ao lado de Pierston no momento exato em que o caixão baixava ao túmulo.

Pierston não voltou a cabeça, pois percebera que eram Avícia e Henrique Leverre, já agora possivelmente casados.

Teve o pressentimento de que um silencioso remorso pesava na alma da moça. Evidentemente não contava encontrá-lo ali. Por delicadeza, afastou-se alguns passos e, assim que a cerimônia acabou, distanciou-se ainda mais, notando que a moça lhe estava agradecida.

Assim, nem Avícia nem o marido lhe puderam dirigir a palavra. Tal como tinham vindo, desapareceram logo após.

Foi nesse triste dia de outono, no cemitério de Wessex, enfraquecido pelas dores morais e físicas, que sem dúvida Pierston contraiu aquela febre ardente que, após sua volta a Londres, o levara às fronteiras da morte. Serenada a crise, o equilíbrio e a calma foram voltando de novo, percebendo em torno de si ruídos de vozes e passos sobre os tapetes. A luz do quarto era tão fraca que apenas distinguia o contorno dos móveis. Encontravam-se ali duas pessoas: um enfermeiro e uma visita. Observou Pierston que esta última era uma mulher, apenas.

Pouco depois voltou de novo à realidade ouvindo uma voz familiar que lhe murmurava:

— A luz o incomoda, Jocelyn?

Reconheceu nela a voz de Márcia, lembrando-se então de todos os acontecimentos anteriores à sua doença.

— É você, Márcia, que está cuidando de mim? perguntou.

— Sim... Vim para junto de você até vê-lo melhor, pois parece que não tem outra amiga que se interesse pelo seu estado. Estou morando perto daqui. Fico contente em vê-lo fora de perigo. Que angústia sofri!

— Como você é boa! Diga-me, que notícias tem deles?

— Estão casados. Vieram vê-lo e ficaram muito preocupados. Ela esteve sentada à sua cabeceira, mas você não a reconheceu. Ficou também muito triste com a notícia da morte da mãe. Não a julgava tão próxima. Foram-se embora. Antes assim, sobretudo agora que você vai melhor. Fique pois tranqüilo, não convém você conversar muito. Daqui a pouco estou de volta.

Pierston compreendeu por esta conversa a mudança que se havia operado nele. Já não era o mesmo. A febre ou os sofrimentos, quiçá as duas coisas ao mesmo tempo, haviam destruído qualquer coisa em seu temperamento, substituindo essa coisa por outra.

Nos dias subseqüentes, já agora com maior lucidez, compreendeu claramente o que era. Abandonara-o o senso artístico e não se sentia capaz de comover-se em face das imagens de beleza que outrora haviam enchido tanto sua vida. Sua estima não se exercia senão sobre os assuntos práticos e só as boas qualidades de Avícia produziam nele certa impressão: da pessoa propriamente nada restara.

A princípio se assustou; mas logo pensou: "Graças a Deus!"

Márcia, que, com um pouco de seu antigo despotismo, vinha continuamente informar-se do que se passava, dar ordens aos empregados, percebeu no período de convalescença do amigo o estranho fenômeno que se operara. Um dia, observou-lhe que Avícia estava ficando singularmente bela, acrescentando que bem compreendia que o enteado se tivesse apaixonado por ela. Temera esta observação, mas Pierston não se comoveu, apenas disse:

— Sim, acredito que esteja bonita, mas ela tem outras qualidades. É uma moça inteligente e cedo aprenderá a ser uma ótima dona de casa. Márcia, gostaria que você não fosse bonita.

— Por que, Jocelyn?

— Não sei... Isto é, a beleza me parece uma qualidade inútil. Absolutamente não compreendo para que vale.

— Não diga isso! Eu, como mulher, acho que vale, e muito.

— Sim? Então eu perdi o sentimento da beleza. Não sei o que se passou comigo. Bem, não o lamento. Robinson Crusoë perdeu um dia que passou doente. Quanto a mim, perdi uma faculdade, e dou graças a Deus por isso.

Era patética esta confissão; Márcia teve um profundo suspiro:

— É possível que, ao melhorar, você torne a adquirir essa faculdade.

Pierston moveu a cabeça. Lembrou-se então que, desde o recente encontro com Márcia, ainda não a vira à luz do dia, sem chapéu ou véu, e que imaginava a mesma Márcia da mocidade, ilusão esta confirmada pela sua voz, que era exatamente a mesma de outrora. Que restaria desta antiga Marcia, de seu majestoso porte, sua cor saudável e clássico perfil?

— Por que você nunca me deixa vê-la de frente? Perguntou-lhe.

— Não sei. Você quer dizer que nunca retiro o chapéu. Também nunca me pediu que o fizesse. Quanto ao véu, costumo andar com ele por causa do frio, que me provoca nevralgias. Além disso, não sou, é claro, mais bonita que antigamente...

Não era mais bonita que antigamente... nevralgias... Ah, como a vida era cruel, como a vida implacável! Considerava Jocelyn.

— Mas satisfarei sua curiosidade, continuou Márcia com amabilidade. O interesse que acaba de demonstrar por mim é mais lisonjeiro que eu podia esperar.

Saiu do escuro, pois anoitecera, e aproximou-se da luz, tirando o chapéu e o véu num gesto rápido. Considerando os quarenta anos que haviam passado, podia-se dizer que era relativamente conservada.

— Oh! exclamou Pierston num movimento de impaciência. Você é bonita e aparenta andar apenas pelos trinta e cinco anos. E eu, Márcia, que julgava encontrar em você o meu castigo!

— Ah, bem posso servir para isso! Pensar que nestes anos todos você não aprendeu a conhecer melhor as mulheres...

— Como?

— É que se deixa enganar como uma criança. Lembre-se de que a luz é artificial e a sua vista é fraca, e... Já não preciso esconder a verdade, agora. Meu marido era mais moço que eu e tinha a absurda pretensão de que as pessoas acreditassem que se casara com uma jovem. Para ser-lhe agradável, eu me esforçava para parecer tal. Íamos com freqüência a Paris e cheguei a ser tão hábil em artifícios de embelezamento como uma "coquete" do bairro de Saint-Germain. Depois da morte de meu marido, continuei a me "arrumar" em parte porque já era um vício quase incurável, e em parte porque era um expediente que auxiliava a educação de meu enteado sem grandes despesas, compreende, não? Mas amanhã de manhã virei, se fizer sol, tal como realmente sou. Verá como se enganou. Lembre-se de que sou tão velha quanto você, e que o pareço.

No dia seguinte pela manhã, Márcia apareceu tal como prometera. O sol brilhava. Aproximou-se da janela e tirando o véu, murmurou:

— Que diz agora, você que acha inútil a beleza? Eis tudo o que resta de mim, quando deixo sobre o toucador os acessórios de minha beleza. Mas não os verá mais usados por mim. Nunca.

Márcia não era senão mulher naquele momento; seus lábios fremiam ao pronunciar estas palavras e uma lágrima rolou por suas faces. Os implacáveis raios da manhã como quando Avícia examinava Jocelyn, mostravam em toda a sua terrível nudez os tristes destroços da radiante beleza de Márcia. Parecia a imagem e epígrafe da Idade, uma velha pálida e enrugada, com a testa cheia de sulcos, as faces encovadas, os cabelos brancos como neve. Eis o que os anos haviam feito daquele rosto que outrora ele beijara com tanto ardor!

Ao notar que Pierston não falava nada, Márcia continuou com rudeza:

— Lamento causar a você esta desagradável impressão, mas que quer? A traça vai destruindo as vestes à medida que o tempo passa.

— Sim... sim... Márcia; você é uma admirável mulher. Tem a coragem das mais célebres mulheres da História. Já não posso amá-la, mas admiro-a de todo o coração.

— Não diga isso. Diga apenas que começo a ser uma mulher razoavelmente honesta. E é quanto basta.

— Está bem; não direi outra coisa senão que admiro uma mulher que soube atrasar trinta anos o relógio do tempo.

— Agora isso me causa vergonha, Jocelyn. Nunca mais o farei.

Quando se sentiu menos fraco, Pierston pediu a Márcia para levá-lo ao atelier. Haviam arejado o lugar em sua ausência, mas os postigos estavam fechados, e abriram-nos.

Pierston lançou um olhar a seus trabalhos, alguns, já acabados, tinham a realidade da carne, e perfeição da vida, outros não passavam de simples esboços à espera dos derradeiros retoques.

— Não, não gosto deles, disse Pierston afastando-se. Horríveis! Não sinto por eles a menor atração nem interesse de qualquer espécie.

— Como é triste isso, Jocelyn!

—Triste? Absolutamente.

E dirigindo-se para a porta:

— Quero lançar-lhes um último olhar, disse em voz baixa.

Márcia conservava-se calada.

— Afrodites! Como eu ofendi essas deusas com os meus informes esboços! E vós, Ninfas, Beldades, Evas e inumeráveis Bem-Amadas, não mais vos quero ver.

"Em lugar de perfume haverá mau cheiro, em lugar de beleza haverá fealdade", disse o profeta. Amor... Beleza... É tudo vaidade...

Saíram. Uma tarde, dias depois, foram fazer uma visita a "National Gallery" para experimentar o gosto pictórico de Jocelyn, outrora tão seguro. E a dolorosa experiência do atelier se repetiu ali. Nada o comovia mais, confessou, nas obras-primas de Peruzzi, de Ticiano e de todos os outros grandes criadores que o sensibilizavam até às lágrimas.

— É singular! exclamou Márcia.

— Não o lamento. Não perdi senão um sentimento que só me causava grandes sofrimentos e pequenas alegrias... Mas vamos.

A convalescença de Pierston caminhava de dia para dia. O médico aconselhava agora mudanças de ares. Ele decidiu voltar para sua ilha natal. Márcia, de sua parte, prometeu acompanhá-lo, dizendo:

— Não vejo o que me impeça de fazê-lo: eu sou uma velha sozinha no mundo, você um velho igualmente abandonado, ambos amigos de longa data.

— Sim, graças a Deus, sou afinal um velho! Acabou a terrível maldição que me acompanhava.

A partir desse dia, Pierston não tornou a entrar no atelier nem reviu mais seus trabalhos. Apenas uma vez, antes de partir, quisera vê-los — mas para de novo constatar que todo o sentimento artístico havia de fato morrido nele. E deixou ordens para que desfizessem toda a sua coleção, o que foi executado. Passou o contrato da casa para outra pessoa, e com o tempo outro escultor adquiriu fama no mesmo lugar em que ele passara desconhecido. E no ano seguinte pediu demissão da Academia.

O tempo passava. Jocelyn restabeleceu-se tão bem quanto lhe permitia a idade e a terrível crise que o prostrara. Mas continuava na ilha, numa pequena casa que adquirira, situada na parte alta de Street of Wells. Um crescente sentimento de amizade por Márcia, levou-o a alugar uma casa vizinha à sua, e a trazer para ali a mobília que se encontrava em Sandburne. Todas as vezes que o tempo estava bom, saíam ambos à tarde e davam um passeio até o farol de Bael ou então ao velho Castelo — mas, devido à dor ciática de Jocelyn e ao reumatismo de Márcia, raramente iam tão longe exceto quando o tempo estava visivelmente seguro, bem seco. Jocelyn renunciara definitivamente ao uso da roupa que outrora o caracterizava; agora vestia um simples terno, trabalho de uma costureira da ilha. Também deixava crescer livremente a barba grisalha, e o pouco cabelo que lhe ficara após a febre cerebral que sofrera. Era assim que, apesar de andar pelos sessenta e dois anos, aparentava mais de setenta e cinco.

Sua fuga com Márcia passara-se havia quarenta anos; contudo, ainda agora era objeto de comentários na ilha. A atual amizade de ambos provocava observações maliciosas. Era exatamente a este respeito que ambos conversavam nos seus passeios ao longo dos rochedos.

— É curioso o interesse de nossos vizinhos a nosso respeito, dizia Jocelyn. Com certeza dizem: Esses dois velhos deviam casar-se, pois antes tarde que nunca. É assim o mundo. Querem que a vida dos outros seja como eles julgam, isto é, rotineira e convencional à maneira da deles.

— Realmente. Até já me disseram isso, indiretamente.

— Disseram? Quem sabe, então se qualquer dia não virá a nós uma comissão, pedindo, em nome dos bons costumes, que nos casemos! Pensar que há quarenta anos atrás estivemos prestes a fazê-lo. Mas você era tão independente! Muito tempo ainda alimentei a esperança de que voltasse.

— Minhas idéias de independência não eram repreensíveis em mim como ilhoa, ainda que o pudessem ser como forasteira. Do ponto de vista ilhéu não havia nenhum motivo para que voltasse, e por isso não voltei. Meu pai manteve comigo esta maneira de encarar os fatos, e eu me submeti a seu critério.

— E era assim que a ilha dirigia nossos destinos, ainda que nos encontrássemos nela. Sim... somos conduzidos por mãos alheias... Você contou essas coisas alguma vez a seu marido?

— Não.

— Nem ele o soube indiretamente?

— Que me conste, não.

Um dia em que Jocelyn foi visitá-la em casa, encontrou-a passando mal. Quando soprava o vento sul, todas as lareiras da casa começavam a espalhar insuportavelmente a fumaça e naquele dia o vento soprava exatamente desse lado. Não era possível ter acesa a lareira da sala, e, para não ver a pobre mulher reumática tiritando de frio, convidou-a para ir almoçar com ele. Não era a primeira vez que lhe fazia um convite deste; e, enquanto caminhavam no glacial frio de dezembro, Jocelyn pôs-se a considerar como era ridículo ocuparem casas separadas, quando uma só seria mais acertado para se fazerem companhia, ficando Márcia à salvo das incômodas lareiras. E porque não se casava com ela? Pois, fazendo-o, tornar-se-ia parente de Avícia e Henrique, podendo muito naturalmente dar uma pensão anual ao jovem casal.

E foi assim que o ardente desejo dos vizinhos, de dar uma forma geométrica à vida de ambos, se realizou quase a despeito dos verdadeiros interessados. Quando ele propôs a Márcia esta intenção, a velha amiga confessou que sempre lamentara a sua orgulhosa atitude da mocidade, e aceitou a proposta sem argumentos contrários.

— Não tenho amor a dar-lhe, Márcia, disse-lhe Jocelyn francamente. Mas a amizade que sinto por você durará, estou certo, até a morte.

— É o que acontece comigo, ou quase isso... Entretanto, como os nossos vizinhos, também sinto que devo ser sua esposa antes de morrer.

Aconteceu que dias antes da cerimônia, que devia se realizar algum tempo depois desta conversa, o reumatismo de Márcia piorou. Contudo, a crise parecia passageira, por ter sido causada pelo frio a que se expusera na recente mudança de casa, e como lhes pareceu desnecessário adiar o casamento por tão simples motivo, Márcia vestiu-se cuidadosamente, transportando-se à igreja num carro fechado.

Um mês depois, enquanto tomava café certa manhã, Márcia lia uma carta de Avícia que lhe acabava de chegar. Esta morava com o marido numa casa que Jocelyn comprara para eles em Sandburne. De repente teve uma exclamação:

— Meu Deus!

Jocelyn levantou os olhos.

— Que foi?

Márcia continuou:

— Como? Avícia quer separar-se de Henrique, será possível? Diz que chegará hoje.

— Separar-se? Que quer dizer isso?

Jocelyn leu a carta; e logo:

— É ridículo, observou. Esta menina não sabe o que quer. Não se separará. Não faltava mais nada. Diga-lhe que eu a proíbo de tal coisa. Pois que... nem um ano que está casada! Que será então depois de vinte anos de vida conjugal?

Márcia ficou pensativa, murmurando instantes depois:

— Com certeza sente remorsos pela morte da mãe e por isso fica nervosa. Pobre menina!

Acabavam de levantar-se da mesa quando Avícia apareceu, os olhos cheios de lágrimas e inquieta. Márcia levou-a para o quarto, teve uma longa conversa com ela, voltando em seguida à sala.

— Não é nada, disse Márcia. Aconselhei-a a que voltasse para junto do marido depois de tomar qualquer coisa.

— Tudo isso é muito bom e bonito, falou Avícia chorando. Mas... mas se vocês estivessem casados há tanto tempo quanto eu... vocês não me dariam tal conselho.

— Bem, vamos ver então o que há, falou Jocelyn.

— Henrique me disse que se ele morresse... eu acabaria procurando outro homem... que tivesse olhos azuis e cabelos louros... precisamente para insultar sua memória, porque ele é moreno e está certo de que eu não gosto... dos morenos. Também disse que... Não, não quero acrescentar mais nada a seu respeito. Eu queria...

— Avícia, sua mãe fez o mesmo que você, e terminou voltando para seu marido. É preciso que você se conduza da mesma forma que ela. Vamos ver, acho que há um trem...

— É preciso que ela tome antes alguma coisa, interveio Márcia. Sente-se, querida.

A situação resolveu-se com a chegada do próprio Henrique em pessoa, pálido e com a angústia que o possuía estampada no rosto. A pretexto de negócio, Jocelyn saiu deixando que o jovem casal resolvesse a questão à vontade.

Entre as benéficas empresas que se seguiram à total extinção da Bem-Amada e outros ideais, o assunto que ocupou Jocelyn foi a apresentação de um projeto para canalizar a água das velhas fontes naturais de Street of Wells, devido ao constante perigo de infecção. Era preciso instalar bombas; estas vieram, correndo as despesas por sua conta. Também se ocupou em adquirir umas casas de campo, de velho estilo isabelino, com o único fim de destruí-las por causa do musgo que as cobria tornando-as excessivamente úmidas. E no lugar delas mandou levantar outras, ventiladas, higienicamente modernas.

Hoje em dia os críticos de arte, os enfatuados críticos de arte, citam por vezes o seu nome, chamando-o "o falecido escultor Pierston", e referem-se a suas obras acrescentando não se tratar de um artista destituído de todo de talento, mas cujo valor não foi suficientemente reconhecido em vida.

A presente edição de A BEM-AMADA de Thomas Hardy é o Volume de número 30 da Coleção Excelsior. Capa Cláudio Martins. Impresso na Sografe Editora e Gráfica Ltda., à rua Alcobaça, 745 - Belo Horizonte, para a Editora Itatiaia, à Rua São Geraldo, 67 - Belo Horizonte - MG. No catálogo geral leva o número 01125/5B. ISBN-85-319-0741-1.